적

적

엠마뉘엘 카레르 지음 | 윤정임 옮김

L'ADVERSAIRE
by EMMANUEL CARRÈRE

Copyright (C) P.O.L éditeur, 2000
Korean Translation Copyright (C) The Open Books Co., 2005

이 책은 실로 꿰매어 제본하는 정통적인 사철 방식으로 만들어졌습니다.
사철 방식으로 제본된 책은 오랫동안 보관해도 손상되지 않습니다.

1993년 1월 9일 토요일 아침, 장클로드 로망이 자기 아내와 아이들을 죽이고 있는 동안, 나는 아내와 함께 큰아들 가브리엘의 유치원 학부모 회의에 참석하고 있었다. 다섯 살인 가브리엘은 장클로드 로망의 아들 앙투안 로망과 같은 나이였다. 그런 다음 나는 가족과 함께 부모님 댁으로 점심을 먹으러 갔고, 로망 역시 자기 부모 집으로 가서 점심을 먹은 후에 부모를 살해했다. 가족과 함께 보내던 토요일 오후와 일요일의 휴일 시간을 그즈음엔 내 작업실에서 혼자 보내고 있었다. 1년 전부터 집필해 오던 책 한 권이 끝나 가고 있었기 때문이었다. SF 작가인 필립 K. 딕의 전기였다. 책의 마지막 부분은 죽기 전의 작가가 의식 불명 상태로 보냈던 날들을 이야기하고 있었다. 나는 화요일 저녁에 그 책을 끝마쳤고 수요일 아침에 로망 사건을 대서특필한 「리베라시옹」지의 1면 기사를 읽었다.

뤼크 라드미랄은 그 월요일, 새벽 네시가 조금 지나 프레브생의 약사인 코탱의 전화에 잠이 깨었다. 로망의 집에 화재가 났고 친구들이 구조를 하러 온 것 같으며 최소한의 물건들은 가지고 나왔을 거라 했다. 뤼크가 도착했을 때는 소방대원들이 시체들을 끌어내고 있었다. 뤼크는 아이들의 시체가 담긴 그 회색 비닐봉지를 평생 잊지 못할 것이다. 너무나 참혹해서 차마 눈 뜨고 볼 수 없었다. 플로랑스만은 외투에 덮여 있었다. 연기로 거무스름해진 그녀의 얼굴은 말짱했다. 뤼크는 곤혹스러운 작별을 고하듯 그녀의 머리칼을 쓰다듬었다. 순간, 뭔가 이상한 게 손가락에 느껴졌다. 그는 젊은 여인의 얼굴을 조심스럽게 만지면서 뒤로 젖혀 보았다. 그리고 소방관을 불러 목덜미 바로 위에 헤벌어진 상처를 보여주었다. 소방관은 필경 대들보가 목덜미 위로 떨어진 걸 거라고 말했다. 다락방이 반이나 무너져 내렸던 것이다. 그런 다음 뤼크는 소방대의 빨간 트럭에 올라탔고, 가족 가운데 유일하게 장클로드만은 아직 살아 있다는 이야기를 들었다. 장클로드의 맥박은 가늘게 뛰고 있었다. 잠옷 차림에 의식은 없었고 불에 탔는데도 이미 시체처럼 싸늘해져 있었다.

구급차가 도착하여 그를 제네바의 병원으로 옮겨 갔다. 밤이었고 날씨는 추웠다. 화재를 진압하느라 뿌려 댄 물줄기로 모두들 몸이 흥건하게 젖어 있었다. 화재 현장 부근에서는 더 이상 할 일이 없었기에 뤼크는 몸을 말리기 위해 코탱의 집으로 갔다. 부엌의 노란 불빛 아래 둘러앉은 그들은 차마 서로의 얼굴을 쳐다보지도 못하고 꾸르륵거리는 커피메이커의 소리를 듣고 있었다. 찻잔을 든 손들이 바들바들 떨렸고, 그렇게 떨리는 손으로 휘저어 대는 찻숟가락은 끔찍한 소리를 만들어 냈다. 그러고 나서 뤼크는 집으로 돌아와 아내 세실과 아이들에게 소식을 알렸다. 큰딸 소피는 장클로드의 대녀(代女)였다. 평소 자주 그랬듯이 소피는 며칠 전에도 로망네 집에서 함께 잤다. 사건이 벌어진 그날 밤에도 어쩌면 그럴 뻔했고, 만일 그랬더라면 딸애 역시 시체가 되어 회색 비닐봉지에 담겨졌을 것이다.

장클로드와 뤼크는 리옹의 의과 대학 시절부터 늘 함께였다. 거의 동시에 결혼을 했고 엇비슷한 나이의 아이들은 함께 커나갔다. 서로의 삶에 대해서는 드러난 면뿐 아니라 비밀들, 정직하고 건실한 만큼 유혹에 약한 남자들 사이의 비밀까지도 모두 알고 지냈다. 장클로드가 아내 몰래 사귀는 여자 이야기를 털어놓으며 다른 모든 걸 다 포기하겠노라고 했을 때, 뤼크는 친구가 제정신으로 돌아오게 해주었다. 그리고 이렇게 말했다. 「만일 내가 그런 바보짓을 할 때면 너도 나한테 똑같이 해주어야 해.」 이렇게 맺어진 우정은 인생의 귀중한 일부가 되며, 성공한 결혼 못지않게 소중한 어떤 것이 되기 마련이다. 그들의 나이가 예순, 일흔 그리고 그보다 더 많아졌을 때, 산 정상에 오르듯 그간 둘이 함께 살아온 길들을 바라보게 되리라는 걸 뤼크는 믿어 의심치 않았다. 그들이 부딪쳐 오며 길을 잃을 뻔했던 굽이들, 서로에게 나누어 주었던 도움들, 마침내 궁지에서 헤쳐 나왔던 방법들 따위를 말이다. 친구, 진정한 친구란 증인이기도 하다. 친구의 시선은 나 자신보다도 더 정확하게 나의 삶을 가늠해 준다. 그리고 그들은 20년 전부터 줄곧, 빈틈없이, 대단한 말 없이도 서로에게 이 역할을 잘해 왔다. 비록 둘이 똑같은 방식으로 성공하진 않았어도 그들의 삶은 서로 닮아 있었다. 장클로드는 의학 연구 분야에서 최고 권위자가 되어 장관들과 자주 접촉하고 국제회의에 빈번하게 참석했다. 반면에 뤼크는 페르네볼테르 지방에서 일반의로 개업했다. 그러나 질투 같은 건 느끼지 않았다. 단지, 요 몇 달 동안 애들 학교 일로 빚어진 가당치도 않은 의견 대립 때문에 그들 사이가 좀 서먹해졌을 뿐이었다. 장클로드가 납득할 수 없을 만큼 발끈했기에 뤼크가 먼저 그런 하찮은 일로 다투지 말자고 물러서야 했을 정도였다. 그 일로 뤼크는 괴로워했고, 뒤이은 몇 날 밤을 아내 세실과 말씨름하며 보냈다. 이제 생각해 보면 그런 건 참으로 부질없는 일이었다. 삶이란 얼마나 가벼운지! 바로 어제까지만 해도 단란하고 행복하던 한 가정이 화재로 인해 숯덩이 같은 시체가 되어 영안실로 옮겨졌으니……. 장클로드에게 아내와 자식들은 세상의 전부였다. 용케 살아난다 해도 앞으로 그의 삶이 어떻게 되겠는가?

뤼크는 제네바 병원의 응급실에 전화했다. 환자는 고압 산소실 안에 들어가 있는 상태였고, 치명적인 진단은 유보되고 있었다.

뤼크는 차라리 친구의 의식이 돌아오지 않기를 아내와 아이들과 함께 기도했다.

사무실 문을 열자 경관 두 명이 뤼크를 기다리고 있었다. 뤼크로서는 경찰의 질문들이 이상하기만 했다. 경찰은 로망 가족에게 공공연한 적이라든가 수상한 행동 따위가 없었는지를 알고 싶어 했다. 뤼크가 놀라워하자 경찰은 진실을 말해 주었다. 시체의 첫 부검 결과 로망의 가족들은 화재가 나기 〈전〉에 이미 죽어 있었다는 것이다. 플로랑스는 머리를 둔기로 얻어맞은 상처가 있고, 앙투안과 카롤린은 총을 맞았다.

그게 다가 아니었다. 쥐라 산맥의 클레르보레락에서는 장클로드 로망의 삼촌이 장클로드의 부모들에게 방금 일어난 재난을 알려 주는 일을 맡았다. 삼촌은 만약의 사태를 대비하여 형 내외의 주치의를 동반하고 형의 집을 찾아갔다. 문은 잠겨 있었고 개도 짖지 않았다. 걱정이 된 삼촌은 문을 박차고 들어갔고, 피에 흥건하게 젖어 있는 형과 형수 그리고 개를 발견했다. 그들 역시 총에 맞아 죽었다.

살해. 로망 일가는 살해되었다. 살해라는 단어가 뤼크의 머릿속에 아연실색할 메아리를 불러일으켰다.「도둑이 들었나요?」그는 마치 그 질문이 상대의 공포를 뭔가 합리적인 것으로 바꾸어 줄 것처럼 물었다. 경찰은 아직은 모르겠으나, 80킬로미터의 거리를 두고 벌어진 한 가족의 몰살이라는 범죄는 차라리 복수극이나 원한 관계의 청산을 추정하게 한다고 했다. 경찰은 다시금 원한 관계의 질문으로 돌아왔고, 어쩔 줄 모르던 뤼크는 고개를 흔들었다. 로망 일가의 원수라고? 모두들 그 가족을 좋아했다. 만일 누군가 그들을 살해했다면 그건 분명 그들을 잘 모르던 사람의 짓이다.

경찰은 장클로드가 정확하게 어떤 직업을 가지고 있는지 모르고 있었다. 이웃 사람들 말로는 의사였다고 하는데 장클로드는 병원을 가지고 있지 않았기 때문이다. 뤼크는 장클로드가 제네바에 있는 세계 보건 기구(WHO)의 연구원이라고 설명했다. 경찰 한 명이 전화를 걸어 닥터 로망과 함께 일하는 비서나 동료를 바꿔 달라고 했다. 교환원은 닥터 로망을 알지 못했다. 이쪽에서 집요하게 요구하자 교환원은 그곳의 인사부장에게 전화를 넘겨주었고, 그 사람은 서류를 뒤져 확인해 주었다. 세계 보건 기구에 로망이라는 의사는 없다고.

그때서야 뤼크는 모든 게 이해가 되면서 크나큰 안도감을 느꼈다. 그날 새벽 네시부터 일어난 모든 일들, 코탱의 전화, 화재, 플로랑스의 상처, 회색 자루들, 대형 화상 환자가 들어가는 고압 산소실 속의 장클로드, 그리고 범죄 이야기, 이 모든 것이 너무도 완벽하고 그럴듯하게, 조그만 의혹의 여지도 없이 현실감 있게 벌어졌다. 그런데 이제 다행스럽게도 시나리오가 삐걱거리며 그게 악몽이었다는 걸 고백하고 있는 거다. 뤼크는 침대에서 잠이 깰 것이다. 그리고 이 모든 악몽을 기억할 수 있을지, 꿈 이야길 장클로드에게 할 엄두가 날지에 대해 자문했다. 「너네 집에 불이 난 꿈을 꾸었어. 네 아내랑 아이들, 부모님들이 살해당해 죽어 있는 거야. 넌 의식 불명 상태고, 세계 보건 기구에서는 아무도 널 모른다는 거야, 글쎄.」 이런 이야기를 아무리 절친한 사이라 해도 친구에게 쉽게 할 수 있을까? 그 꿈에 대한 생각은 뤼크에게 고스란히 스며들었고 이후 끊임없이 그를 쫓아다니게 되었다. 꿈에서 장클로드는 이중 역할을 했고 뤼크 자신의 두려움을 드러내었다. 가족을 잃는 것뿐 아니라 자기 자신을 잃어버리는 데 대한 두려움, 사회적인 측면 뒤의 자기는 아무것도 아니라는 걸 발견하는 두려움을······.

시간이 흐를수록 현실은 점점 더 악몽처럼 변해 갔다. 그날 오후 경찰서에 소환된 뤼크는 장클로드의 차에서 자필 글귀가 발견되었다는 사실을 곧장 알게 되었다. 그 글에서 장클로드는 범행이 자기의 소행이며 사람들이 알고 있던 그의 경력과 직업 활동이 모두 속임수였다는 걸 밝히고 있었다. 몇 통의 전화와 기초적인 확인 작업은 가면을 떨어뜨리기에 충분했다. 세계 보건 기구에 전화했더니 아무도 그를 모르고 있었다. 의사 협회에도 그는 등록되어 있지 않았다. 인턴으로 근무했다는 파리의 병원 리스트에는 그의 이름이 나타나지 않았다. 뤼크 자신과 다른 친구들이 함께 공부했다고 증언한 리옹의 의과 대학 명부에도 그의 이름은 없었다. 의대 공부를 시작한 건 맞았다. 하지만 2학년 말의 진급 시험을 통과하지 않았고 그 이후의 일은 모두 가짜였다.

처음에 뤼크는 그 모든 사실의 인지를 단호히 거부했다. 당신의 가장 절친한 친구이자 당신 딸의 대부이며 당신이 가장 올바르다고 믿었던 누군가가 자신의 아내와 자식 그리고 부모를 살해했으며 게다가 수년 전부터 모든 일에 대해 거짓말을 해왔다고 말한다면, 아무리 명백한 증거를 들이대더라도 그것을 부인하고 친구를 계속 믿는 일이 당연하지 않은가? 친구의 잘못을 그토록 쉽게 인정해 버리는 우정이란 도대체 뭐란 말인가? 장클로드는 살인자일 수가 없었다. 분명 퍼즐 한 조각이 빠져 있다. 그걸 찾아내면 모든 게 달라질 것이다.

뤼크 라드미랄 가족에게 그 며칠간은 초자연적인 시련처럼 흘러갔다. 예수의 제자들은 예수가 붙잡히고 재판을 받고 가장 흉악한 범죄자로 사형에 처해지는 걸 보았다. 베드로는 비록 비틀거렸지만 제자들은 예수에게 계속 믿음을 가졌다. 세실과 뤼크는 굳건히 버티기 위해 있는 힘을 다했다. 하지만 사흘째 되는 날, 아니 그전부터도 그들은 자기들의 소망이 헛되다는 것을 인정해야만 했다. 그리고 이미 죽어 버린 사람들을 잃었을 뿐만 아니라 믿음을 영원히 상실했으며, 그리고 거짓말로 썩어 문드러진 삶 전체와 함께 살아 나가야 한다는 걸 인정해야 했다.

적어도 아이들만이라도 보호할 수 있었다면! 그 역시 꽤나 끔찍한 일이긴 하지만 아이들에게 그저 앙투안과 카롤린이 화재로 부모와 함께 죽었다고만 이야기할 수 있었더라면 좋았을 것이다. 하지만 쉬쉬하며 말하는 게 아무 소용이 없었다. 심지어 초등학생들까지 집요하게 괴롭혀 대던 신문 기자들, 사진 기자들, 텔레비전 관계자들로 그 지역은 단 몇 시간 만에 온통 북새통이 되었던 것이다. 화요일이 되자마자 아이들은 앙투안과 카롤린이 그들의 엄마와 함께 아빠에 의해 살해되었으며, 그런 다음에 아빠가 집에 불을 질렀다는 걸 모두 알게 되었다. 많은 애들은 밤이면 자기네 집에 불이 나고 자기네 아빠가 앙투안과 카롤린의 아빠처럼 행동하는 악몽을 꾸기 시작했다. 뤼크와 세실은 부부 침대 옆에 나란히 끌어다 붙인 매트리스 가장자리에 앉아 있곤 했다. 이제는 누구도 감히 혼자 잘 생각을 하지 않았기 때문에 다섯 식구가 한 방에 옹기종기 모여 잤던 것이다. 아직은 무얼 어떻게 설명해야 할지 모르는 채로 그들은 어르고 달래며 어쨌거나 아이들을 안심시켜 주려고 노력했다. 하지만 자신들의 말이 예전의 마술적인 힘을 가지고 있지 않다는 걸 분명하게 느꼈다. 어떤 의혹이 슬그머니 비집고 들어왔고, 시간이 아니라면 그 무엇도 그 의혹을 없애 버리지 못할 것 같았다. 그건 말하자면 아이들에게나 어른들에게나 유년을 도둑맞은 것이었고, 이제 다시는 아이들이 이전의 그 놀라운 믿음을 가질 수가 없으며, 그 나이의 정상적인 가정에서는 너무도 당연한 그러한 믿음으로 어른의 품에 안길 수 없게 되었다는 뜻이었다. 그리고 바로 그것, 고칠 수 없을 정도로 망가져 버린 바로 그것을 생각하면서 뤼크와 세실은 울음을 터뜨려 버렸다.

첫날 저녁 친구들이 뤼크의 집에 모여들었고, 그때부터 일주일 내내 그들은 매일 저녁 그렇게 모였다. 그리고 새벽 서너시까지 함께 술을 마시며 머물곤 했다. 밥 먹는 것도 잊은 채 과음을 했고 그들 중 여럿은 끊었던 담배를 다시 피우기도 했다. 그렇게 지새운 밤들은 음울하지 않았고 오히려 그 집에서 보낸 가장 활기 띤 시간이기도 했다. 너무도 충격이 컸던지라 질문과 의혹의 소용돌이로 급하게 뛰어듦으로써 애도를 짧게 마치고 싶었던 때문이었다. 모두들 매일 하루에 한 번씩은 경찰서에 들렀다. 소환이 있기 때문이거나 수사 진척 상황을 알고 싶어서였다. 그리고 밤새도록 그 일에 대해 토론하고 정보를 비교하고 가설을 세워 보곤 했다.

젝스 지방은 쥐라 산맥 발치에서부터 레만 호수 가장자리까지 펼쳐진 30여 킬로미터의 너른 평원이었다. 프랑스 국경에 위치하고 있긴 했지만 실은 제네바 근교의 주택 단지였으며, 그곳에 모여 사는 사람들은 스위스에서 일하는 부유한 국제공무원들로 월급은 스위스 프랑화로 받지만 세금은 내지 않았다. 그들 모두는 거의 비슷한 삶의 패턴을 가지고 있었다. 대부분 옛날 농장을 안락하게 개조한 빌라에서 살았고 남편은 메르세데스를 타고 사무실에 출근했으며 아내들은 볼보를 타고 쇼핑이나 잡다한 단체 활동에 몰두했다. 아이들은 볼테르 성의 그늘 아래 위치한 부유한 사립 학교인 생뱅상 초등학교에 다녔다. 장클로드와 플로랑스 부부는 그 공동체 안에서 잘 알려진 인물들이었고 좋은 평판을 받았다. 공동체 안에서 자기들의 계급을 잘 유지하고 있었기에 그들을 잘 알던 사람들은 이제 새삼 의아해하고 있었다. 〈대체 어디서 돈이 나왔을까? 의사가 아니라면 도대체 그는 무얼 하던 사람일까?〉

대심 재판소의 검사장 대리는 사건을 맡자마자 〈모든 것을 예상하고 있었다〉는 발표를 기자들에게 했고, 곧이어 장클로드의 은행 계좌를 조사한 후에는 〈가짜 의사가 자기 정체가 드러나는 데 대한 두려움, 그리고 자신이 주동 인물로 가담되어 있고 몇 년 전부터 엄청난 금액을 거둬들였던 아직은 불투명한 배후의 밀매단이 갑작스럽게 체포된 사실〉이 범죄의 동기였다고 발표했다. 이 발표는 상상력을 북돋웠다. 사람들은 무기, 외화, 장기(臟器), 마약 따위의 밀매에 대해 이야기하기 시작했다. 와해된 옛 사회주의자 단체에서 활동하는 거대 범죄 조직과 러시아의 마피아 이야기도 오고 갔다. 장클로드는 여행을 많이 했다. 작년에는 레닌그라드에도 갔었고 거기에서 대녀인 소피에게 러시아 전통 인형 지고뉴를 사다 주기도 했다. 과대망상 지경에 이른 뤼크와 세실은 혹시 그 인형들 안에 위협적인 문서나 마이크로필름 혹은 마이크로프로세서가 숨겨져 있지 않은지, 그리고 살인자들이 프레브생과 클레르보에서 헛되이 찾으려던 게 그런 것들이 아니었나 하는 생각까지 했다. 점점 고립된 뤼크는 여전히 어떤 음모를 믿고 싶었던 것이다. 장클로드는 아마도 스파이거나, 과학 기술과 산업 기밀을 거래하는 사람일 거라고. 하지만 자기 가족을 죽일 수는 없는 사람이라고 믿고 싶었던 것이다. 〈누군가〉 그들을 죽였고 〈누군가〉 범죄를 그에게 뒤집어씌우려고 증거를 조작했고 〈누군가〉 그의 과거의 흔적까지 지워 버렸을 거라고 말이다.

〈평범한 사건, 어떤 불의가 광기를 일으킬 수 있습니다. 미안해, 코린. 미안하네, 친구들. 제 낯짝을 갈겨 버리고 싶을 생뱅상 학교 운영 위원회의 선량한 사람들께 죄송합니다.〉
 이것이 자동차에 남겨진 장클로드의 마지막 말이었다. 무슨 평범한 사건인가? 불의는 또 뭐고? 그날 저녁 라드미랄의 집에 모인 〈친구들〉은 궁금해했다. 그들 중 몇몇은 학교 운영 위원회의 일원으로 장클로드가 말한 〈선량한 사람들〉이기도 했다. 경찰은 그들을 그냥 놔두지 않았다. 모두들 한 명씩 불려 가 지난 개학 때, 학교장이 바뀌면서 불거진 갈등에 관련된 시시콜콜한 이야기들을 경찰에 털어놓아야 했다. 경찰들은 의심 가득한 태도로 이야기를 듣곤 했다. 이 비극적인 사건을 일으킨 불의라는 게 바로 그거였나? 운영 위원회의 회원들은 겁을 집어먹고 있었다. 사실 그때 서로 언쟁을 벌였고 어떤 이는 장클로드의 낯짝을 한 대 갈겨 주겠다는 말까지 했기 때문이다. 하지만 그런 하찮은 말싸움이 일가족 몰살로 이어지는 관계를 상상하려면 미쳐야만 할 것이다! 경찰도 그 점은 인정했지만 두 사건 사이에 모종의 관계가 분명히 존재한다는 점은 무시할 수 없는 사실이었다.

이름을 밝히지 말라는 명령을 받은 신문들이 〈비밀에 싸인 정부〉로 언급한 코린에 대해서 말하자면, 그녀의 증언 또한 어처구니가 없었다. 사건이 일어난 토요일, 장클로드는 그녀를 파리에서 만나 퐁텐블로에 있는 친구 베르나르 쿠슈네르 집에서 저녁을 먹기 위해 동반했다고 한다. 그런데 시체 부검에 따르면 바로 몇 시간 전에 그는 이미 자기 아내, 아이들 그리고 부모를 죽였다는 것이다. 물론 코린은 아무런 의심도 하지 않았다. 인적 드문 숲의 한구석에서 그는 그녀 역시 죽이려 했다. 여자는 온 힘을 다해 반항했고 그는 결국 포기하고 여자를 집에 데려다 주면서 자기가 아주 많이 아프다는 이야기를 했다. 그리고 그것은 광적인 돌발 행위에 대한 설명이 되었다. 월요일에 참살 소식을 접한 코린은 자신이 여섯 번째 희생자가 될 뻔했다는 걸 깨닫고는 자진해서 경찰에 전화를 했다. 경찰은 확인을 위해 쿠슈네르에게 전화를 걸었다. 쿠슈네르는 로망이란 의사는 이름도 들어 본 일이 없으며 자기는 퐁텐블로에 집을 가지고 있지도 않다고 했다.

이혼을 하고 파리에 정착하기 전에 페르네에 살았던 코린을 모두들 알고 있었다. 그러나 그 여자가 장클로드와 내연의 관계를 맺고 있었다는 사실은 뤼크와 그의 아내를 빼곤 아무도 몰랐다. 그리고 그 이유 때문에 뤼크 부부는 그녀를 그다지 좋게 보지 않았다. 그들은 코린을 분란을 일으키는 여자, 자기의 이익을 위해서라면 아무 이야기나 할 수 있는 여자라고 생각했다. 하지만 날이 갈수록 음모설이 점점 설득력을 잃게 되자 애정 범죄의 가설이 그 빈틈을 채우게 되었다. 뤼크는 장클로드가 했던 내밀한 고백, 그 여자와의 결별로 인해 빠져 들었던 깊은 낙담을 떠올렸다. 만일 둘의 관계가 재개되었다면 그 여자가 장클로드를 미치게 만들 수 있었을 거라는 걸 뤼크는 어렵지 않게 상상했다. 아내와 정부 사이를 오가고 거짓말이 꼬리에 꼬리를 물고 그로 인해 병과 관련된 고민이 생기고……. 장클로드는 자신이 암으로 고통받고 있으며 그것 때문에 파리에서 암 전문의 슈와르젠베르를 만나 치료를 받고 있다고 털어놓은 적이 있었다. 뤼크는 경찰에게 그 이야기를 했고 경찰은 즉시 조사해 보았다. 하지만 슈와르젠베르 박사는 쿠슈네르와 마찬가지로 장클로드를 모르고 있었고, 전국에 있는 병원의 암 센터에 알아본 결과 장클로드 로망이라는 환자의 서류는 어디에서도 발견되지 않았다.

코린은 자기의 변호사를 시켜 언론에서 자신을 살인마의 정부가 아니라 단순한 친구로 언급해 달라고 요구했다. 그리고 그녀가 자기 돈 90만 프랑을 스위스 은행의 장클로드의 계좌로 옮겨 놓아 달라는 부탁을 했다는 사실이 밝혀졌다. 하지만 그는 그 돈을 빼돌렸다. 정체불명의 밀매는 하찮은 사기극으로 축소되었다. 더 이상 스파이 사건이나 대형 범죄가 아니었다. 수사관들은 장클로드가 주변 사람들의 신의를 남용했다고 생각했고, 기자들은 피해를 본 당사자들이 감히 고소를 하지 못했던 것은 그들의 돈이 불법적인 돈이기 때문이었다는 암시를 했다. 그건 페르네의 유력 인사 집단이 사건에 대해 그토록 조심스러운 태도를 보인 데 대한 설명이 되었다. 이런 비방은 뤼크를 절망시켰다. 뤼크는 살인자의 〈가장 친한 친구〉로서 언론증을 휘둘러 대고 마이크를 들이밀며, 앨범을 보여 주면 약간의 금품을 제공하겠다는 가죽 잠바의 사내들을 끊임없이 상대하고 있었다. 그는 죽은 이들에 대한 기억을 더럽히지 않기 위해 기자들을 가차없이 문전박대했고 그 결과 탈세 의혹까지 받게 되었다.

또 다른 이야기들이 플로랑스의 가족 쪽에서 터져 나왔다. 안시에 살고 있던 플로랑스의 친정 크롤레 집안은 뤼크 일가도 잘 알고 있었다. 크롤레 집안 역시 사위인 장클로드에게 돈을 맡겼다. 플로랑스 부친의 퇴직금과 부친이 죽은 뒤 집을 판 돈 백만 프랑이었다. 가족들은 일평생 노동의 대가였던 그 돈이 이제 결정적으로 사라졌다는 사실을 알았을 뿐만 아니라, 죽은 가족들에 대한 애도에 섞여 고통스러운 의혹이 자라나기 시작한 것이다. 층계에서 떨어져 사망한 크롤레 씨는 사고 당시 장클로드와 단둘이 있었던 것이다. 설상가상으로 장클로드가 장인까지 죽였던 건 아닐까…….

사람들은 저마다 어떻게 그렇게 오랫동안 아무런 의심도 없이 그 남자 곁에서 살아왔는지를 의아해했다. 모두들 자신의 기억 속에서 그러한 의심의 순간에 대한 기억, 의심으로 이끌 수 있었을 무언가가 마음에 스쳤던 기억을 찾아 헤맸다. 학교 운영 위원장은 국제 조직의 인명부에서 장클로드의 이름을 찾아내려다가 끝내 찾아내지 못했던 이야기를 모두에게 했다. 뤼크 역시 장클로드가 예전 파리의 인턴 시절에 5등이라는 좋은 성적을 거두었다는 소식을 불과 몇 달 전에야 플로랑스를 통해 전해 들었던 사실을 기억해 냈다. 뤼크가 놀랐던 건 장클로드의 쾌거가 아니라 당시 왜 그 사실을 몰랐나 하는 거였다. 어째서 그걸 말하지 않았을까? 뭔가를 꿍치는 사람 취급을 받은 장클로드는 그 질문을 받자 어깨를 으쓱하면서 괜한 요란을 떨고 싶지 않아서 그랬다며 화제를 바꾸었다. 화제가 자신에게 집중되자마자 이야기를 다른 데로 틀어 버리는 그의 능력은 놀라웠다. 너무나도 유연하게 화제를 돌리는 바람에 아무도 그걸 깨닫지 못할 정도였으며 나중에 그 생각을 다시 하게 될 때면 모두들 결국 그걸 그의 조심성, 겸손, 자신보다 남을 두드러지게 하려는 배려라고 감탄하곤 했다. 그렇지만 뤼크는 장클로드가 자신의 경력에 대해 말하는 것에 뭔가 잘못된 점이 있다는 걸 어렴풋하게 느꼈다. 그래서 세계 보건 기구에 전화를 걸어 그가 하는 일이 정확하게 뭔지 알아봐야겠다는 생각도 했었다. 하지만 그런 짓이 터무니없어 보였다. 그리고 이제야 비로소 진작 그렇게 했더라면 모든 일이 다르게 벌어졌을 거라는 생각만 되풀이하고 있었다.

뤼크가 그런 후회를 아내에게 털어놓자 세실은 말했다. 「그랬더라면 아마 당신도 죽었을 거예요.」

그들 부부가 밤늦게 그에 대한 이야기를 나눌 때면 더는 그를 장클로드라고 부르지 않게 되었다. 그렇다고 로망이라고 부르지도 않았다. 그는 삶과 죽음을 벗어난 어떤 곳에 있었고 더 이상 이름을 가지고 있지 않았다.

3일째 되는 날 그가 살아날 거라는 소식이 알려졌다.
목요일에 공식적으로 발표된 그 소식은 다음 날 클레르보레락에서 거행된 로망 부모의 장례식을 짓눌렀다. 플로랑스와 아이들의 장례식은 시체 부검을 보완하기 위해 미루어졌다. 이러한 두 가지 정황은 부모의 장례식을 더욱더 견디기 힘들게 했다. 빗속에 관이 내려지는 동안 신부가 애써 읊어대는 평화와 안식의 말을 어떻게 믿을 수 있겠는가? 누구도 묵상할 수 없었고, 영혼이 숨어들어 슬픔을 받아들일 내면의 고요한 구석을 찾아낼 수도 없었다. 뤼크와 세실도 장례식에 참석하긴 했으나 가족들을 잘 알지는 못했기에 뒤로 물러서 있었다. 쥐라 지방 농사꾼들의 거칠고 불그레한 얼굴에 불면의 기색이 드리워져 있었고, 어찌 대항해 볼 수 없는 죽음과 거부와 치욕에 대한 생각이 깃들어 있었다. 장클로드는 그 마을의 자랑거리였다. 그렇게 성공했는데도 한결같이 소탈하고, 늙은 부모에게 애틋했던 장클로드를 모두 칭송했었다. 부모에게 매일같이 전화를 했고, 부모와 멀리 떨어져 있지 않으려고 미국의 중요한 자리를 거절했다고도 했다. 그날 신문은 두 페이지를 사건에 할애했다. 「르 프로그레」지는 클레르보 중학교 시절의 장클로드의 사진을 실었다. 맨 앞줄에 앉아 온유하게 미소 짓는 그의 사진 밑에 이런 설명이 붙어 있었다. 〈이 모범적인 아이가 악마가 되리라고 그 누가 생각

할 수 있었겠는가?〉

부친은 등에, 모친은 가슴 한복판에 총을 맞고 쓰러졌다. 모친은 분명, 아니 양친 모두 자식 손에 죽음을 당하고 있다는 걸 알았을 것이다. 그러니까 죽음을 마주한 바로 그 순간에 — 그거야 때가 되면 누구나 별 소란 없이도 맞이하게 되지만 — 그간 삶에 부어 왔던 의미와 기쁨 그리고 위엄이 한꺼번에 사라지는 걸 보았을 거다. 신부는 이제 그들이 하느님을 만났다고 단언했다. 신자들에게 죽음은 하느님을 직접 대면하는 순간이다. 거울 같은 걸 통해 어렴풋하게 보는 게 아니라 정면으로 말이다. 신자가 아닌 사람들도 뭔가 그런 종류의 느낌을 갖는다. 삶의 저편으로 넘어가는 순간, 죽어 가는 사람들에게 그동안의 삶이 마침내 뚜렷이 알아볼 수 있는 한 편의 영화처럼 펼쳐지는 느낌. 그런데 이제 일을 끝마쳤다는 뿌듯한 충만감으로 맞이했어야 할 그 영상이 거짓과 악의 승리로 나타났다. 하느님을 보아야 했던 그 자리에 성경에서 사탄이라고 불리는 자가, 적*adversaire*이 사랑하는 아들의 모습을 띠고 나타난 것이다.

사람들이 할 수 있던 생각은 기껏해야 이런 것이었다. 노인들의 눈에 비친 배신한 자식에 대한 경악, 영안실에서 제 엄마 곁에 나란히 누워 있는 앙투안과 카롤린의 타버린 시체, 그리고 그들 모두에게 그토록 가깝고 친숙하던 사람이었지만 끔찍하게 낯선 사람이 되어 버린 살인자의 무겁게 축 늘어진 몸, 그자는 이제 그곳 영안실에서 얼마 떨어지지 않은 병원 침대에서 천천히 다시 몸을 움직이기 시작하고 있다는 것. 의사들은 환자가 화상으로 고통받고 있다고 했다. 그가 들이마신 바르비투르산과 탄화수소의 효과 때문이라고 했다. 하지만 환자는 주말 동안 완전히 의식을 되찾았고, 월요일부터는 심문을 받을 상태가 될 것이다. 화재가 일어난 직후, 사고라고만 생각했던 순간에 뤼크와 세실은 그가 죽기를 기도했었다. 그때는 그를 위해 그랬었다. 지금도 그들은 여전히 그가 죽기를 기도했지만 이제는 그들 자신을 위해, 그들의 아이들 그리고 아직 살아 있는 모든 이를 위해 그렇게 기도했다. 그가 산 사람들의 세상에 남아 있다는 사실은 언제 닥칠지 모르는 끔찍한 위협이며, 평화가 결코 되돌아오지 않을 거라는 확신, 그리고 끝나지 않을 공포를 의미했기 때문이다.

일요일에 여섯이나 되는 뤼크의 형제 중 하나가 소피에게 새로운 대부가 필요할 거라고 말했다. 그 형은 자신이 그 일을 맡겠다고 엄숙하게 제안하며 소피가 받아들이겠냐고 뤼크에게 물어 왔다. 이 가족 의례는 장클로드 로망과의 결별을 장식하는 첫 순간으로 각인되었다.

지난가을 데아는 에이즈로 죽어 가고 있었다. 그 여자와 절친한 사이는 아니었지만 우리와 친하게 지내던 엘리자베스가 그녀와 각별한 사이였다. 데아는 아름다웠다. 자랑스레 기르고 다니는 탐스러운 다갈색 머리에 병색이 두드러진 그녀의 모습은 조금은 불안스러운 아름다움이었다. 말기에 이르자 몹시 경건해진 그 여자는 자기 집에 제단 같은 걸 마련하고는 그 위에다 촛불을 밝혀 성상들을 비추고 살았다. 어느 날 밤 촛불이 머리채에 옮겨 붙었고 그녀는 횃불처럼 불길에 휩싸였다. 그 여자는 생루이 병원의 화상 병동으로 옮겨졌다. 전신의 반이 3도 화상을 입었다. 여자는 에이즈로 죽게 되지 않을 것이다. 에이즈로 죽기를 바랐을 테지만 말이다. 하지만 당장 죽지는 않았고 거의 일주일을 끌었으며, 그 동안 엘리자베스는 매일 그 여자를 찾아가 보았다. 아니, 그녀의 남은 몸뚱이를 보러 갔다. 그런 다음 엘리자베스는 우리 집에 들러 술을 마시고 이야기를 했다. 중화상을 입은 환자를 돌보는 일은 어떻게 보면 아름답다고 했다. 흰 베일과 얇은 천에 둘러싸인 병상은 고요하기까지 해서 마치 잠자는 숲 속의 미녀가 사는 성 같다는 것이다. 데아의 모습은 흰 붕대에 감긴 형체로만 볼 수 있었는데 그녀가 죽었더라면 차라리 마음이 놓였을 거라는 이야기도 했다. 하지만 끔찍하게도 그녀는 아직 살아 있었다. 의사들은 그녀가 의식이 없다고 확신했고 완전히 무신론자였던 엘리자베스는 매일 밤 그것이 사실이기를 기도하며 보냈다. 그 당시 나는 딕의 전기 중에서 그가 『우비크』라는 끔찍한 소설을 쓰던 무렵의 일, 즉 저온 상태로 저장된 사람들의 두뇌 속에서 일어나는 일을 상상하던 순간을 집필하고 있었다. 표류하는 생각의 파편들, 뒤죽박죽인 기억의 창고에서 빠져나온 것들, 집요하게 갉아대는 엔트로피, 갑자기 깨어나 번득이는 짧고 단속적인 흐름 등, 거의 단조로운 뇌전도의 평온하고 규칙적인 흐름 뒤에 가려진 모든 것을 말이다. 나는 술과 담배를 엄청나게 했고 언제든 자다가 깜짝 놀라 벌떡 깨어날 것만 같았다. 어느 날 밤은 도무지 견딜 수 없을 지경이 되었다. 나는 몸을 일으켜 잠들어 있는 안 곁으로 가서 다시 누웠고 온통 긴장된 근육과 날카로워진 신경으로 몸을 뒤척였다. 내 평생 몸과 마음이 그토록 불편한 느낌은 한 번도 경험한 적이 없었다. 불편이란 말로는 미진했고, 생매장된 듯한 형언할 수 없는 격렬한 공포가 삼켜 버릴 태세로 내 속으로 밀려들며 솟구쳐 오르는 느낌이었다. 몇 시간이 지난 후 갑자기 모든 것이 스르르 풀어졌다. 모든 게 원활하고 자유롭게 되었고, 순간 내가 뜨겁고 굵은 눈물을 흘리며 울고 있다는 걸 깨달았다. 그것은 기쁨의 눈물이었다. 그처럼 불편한 감각은 한 번도 느껴 본 일이 없었으며 그처럼 강렬한 구원의 느낌 또한 경험한 일이 없었다. 나는 아무것도 이해하지 못한 채 한동안 양수의 무감각 상태 같은 느낌에 잠겨 있었고, 그런 다음에 깨달았다. 나는 시계를 바라보았다. 다음 날 나는 엘리자베스에게 전화를 했다. 그래요, 데아가 죽었어요, 맞아요, 새벽 네시 바로 직전에요.

그만이 아직도 의식 불명 상태에서, 자기가 살아 있으며 사랑했던 사람들은 제 손에 죽었다는 사실을 모르고 있었다. 그러나 그 공백은 오래가지 않을 것이다. 그는 곧 모호한 상태를 벗어날 것이다. 눈을 뜨면서 맨 먼저 무엇을 볼 것인가? 흰색의 병실, 몸을 감고 있는 흰 붕대. 그는 무엇을 기억할까? 의식의 표면을 향해 기어 올라오는 동안 어떤 이미지들이 떠오를까? 맨 처음 그와 눈이 마주칠 사람은 누구일까? 아마도 간호사일 거다. 환자가 눈을 뜬 순간 어떤 간호사라도 그래야 하듯이 그녀 역시 그에게 미소를 보낼까? 간호사들이란 긴 터널을 뚫고 나온 아이를 맞이해 주는 엄마와도 같은 존재니까. 그리고 터널을 빠져나왔을 때 빛과 온기와 미소를 느끼는 일이 중요하다는 것을 아주 본능적으로 알고 있으니까. 그렇지 않다면 그녀들은 다른 직업을 택했을 것이다. 하지만 그에게도 그럴 수 있을까? 간호사는 그가 누구인지 알고 있다. 병실 입구에 진을 치고 있는 기자들을 밀어내야 하긴 했지만 신문에 난 그들의 기사는 읽었을 테니까. 간호사 역시 그 사진들을 보았다. 언제나 똑같은 사진들, 불타버린 집과 여섯 명의 작은 증명사진들. 유순하고 겁 많은 얼굴의 할머니. 굵고 검은 안경테 너머 반짝이는 눈빛의 완고한 할아버지. 고운 미소의 아름다운 플로랑스. 약간 통통하고 머리가 좀 벗어진, 말 없고 믿음직한 아버지 같은 그. 그리고 두 아이, 다른 무엇보다도 그 어린아이들, 일곱 살과 다섯 살의 카롤린과 앙투안. 나는 지금 이 글을 쓰면서 그 애들을 바라보고 있다. 앙투안은 내 막내아들 장바티스트와 좀 닮았다는 생각이 든다. 난 아이의 웃음과 아직은 좀 불분명한 발음과 화내는 모습과 심각한 모습을 그려 본다. 아이에게 아주 중요했던 모든 것, 보풀이 일 듯 보드라운 이 모든 감상이 우리가 아이들에 대해 지니고 있는 사랑의 진실이다. 그리고 나 역시 울고 싶다.

로망 사건에 대한 글을 쓰겠다고, 아주 빨리 결정을 내린 다음, 난 당장 떠날 생각을 했다. 페르네볼테르의 호텔 방을 하나 잡고 집요한 리포터 행세를 하며 눌러앉아 버리는 거다. 하지만 슬픔에 싸인 가족들은 날 문전박대하며 집 안에 발조차 들여놓지 못하게 할 것이고, 하는 수 없이 그 지방 경찰들과 뜨끈한 포도주나 마셔 대며 시간을 죽이고 있는, 예심 판사의 서기와 알고 지내기 위해 술책을 마련하는 내 모습이 그려졌다. 무엇보다도 그런 것들은 내 관심이 아니라는 걸 깨달았다. 일을 위해 진행시킬 수 있는 조사, 비밀을 쑤셔

낼 수 있는 사법 심리 따위는 사실들만을 분명하게 드러낼 것이다. 이를테면 로망의 공금 횡령에 대한 자세한 정보, 수년간 이중생활을 영위해 온 방법, 그 와중에 그가 해냈던 이러저러한 역할 등, 적당한 때가 되면 저절로 알려질 이런 사실들은 내가 진정으로 알고 싶어 하는 것, 당연히 사무실에 있을 거라고 생각했던 낮 시간 동안 그의 머릿속에서 일어났던 일에 대해서는 알려 주지 않을 것이다. 처음에는 모두들 그가 무기나 산업 비밀을 몰래 팔며 시간을 보냈을 거라고 생각했지만, 그게 아니라 숲 속을 거닐며 시간을 보냈다는 데 생각이 미쳤다(내 마음에 결정적으로 꽂힌, 「리베라시옹」지의 최근 기사의 한 구절이 기억난다. 〈그는 혼자서 쥐라의 숲들을 헤매 다니곤 했다〉).

한 권의 책을 계획하도록 밀어붙인 이 의문은 증인들이나 예심 판사 혹은 정신과 전문의도 대답할 수 없을 것이다. 그건 아직 살아 있는 로망 자신이 아니라면 그 누구도 대답할 수 없는 질문이다. 여섯 달 동안의 망설임 끝에 나는 로망의 변호사의 배려를 받아 그에게 직접 편지를 쓰기로 작정했다. 그건 내 평생 가장 힘들게 쓴 편지였다.

선생님,
저의 처신이 선생님의 감정을 거스를지도 모르겠습니다. 그럼에도 불구하고 한번 기회를 얻어 보려고 합니다.
저는 작가입니다. 지금까지 일곱 권의 책을 냈으며 함께 보내 드리는 책은 그중 가장 최근의 것입니다. 선생님이 자행하고 그 유일한 생존자가 된 비극적 사건을 신문을 통해 알게 된 이래, 저는 뭔가에 사로잡혀 있습니다. 가능하다면 저는 무슨 일이 일어났는지를 이해하고 싶고 그걸 책으로 써 내고 싶습니다. 물론 책은 선생님의 재판 후에나 나올 수 있을 것입니다.

일을 시작하기 전에, 어떤 감정이 선생님으로 하여금 그러한 일을 하도록 부추겼는지를 알아내는 일이 저에게는 아주 중요합니다. 이해관계? 증오심? 무관심? 만일 두 번째 경우라면 저는 분명 제 계획을 포기할 것입니다. 반면에 첫 번째 경우라면, 선생님이 저의 편지에 답변해 주실 것을 기대하며 또한 허락된다면 저를 받아 주시기를 바랍니다.

제가 불건전한 호기심이나 선정적인 취향에 이끌려 선생님을 만나려는 게 아니라는 점을 이해해 주셨으면 합니다. 선생님이 한 일은 제가 보기에 평범한 범죄가 아니라, 자신을 넘어서는 어떤 힘에 의해 마지막 지점까지 내몰린 사람의 행위입니다. 그리고 제가 책으로 드러내고 싶은 것이 바로 그 끔찍한 힘입니다.

제 편지에 대해 어떤 반응을 보이시든 간에, 선생님이 큰 용기를 가지기를 바라며 저의 깊은 연민을 믿어 주시기를 바라마지 않습니다.

1993년 8월 30일
파리에서
엠마뉘엘 카레르나는 편지를 부쳤다. 그리고 곧이어, 편지와 함께 보낸 내 책의 제목이 수신자에게 불러일으킬 결과를 생각하며 화들짝 놀랐다. 〈나는 살아 있고 당신들은 죽었다.〉 하지만 이미 너무 늦은 일이었다.

　난 기다렸다.

　그리고 생각했다. 만일 놀랍게도 로망이 나와 이야기하는 걸 수락한다면(편지에 격식을 차려 썼듯이 날 〈받아 준다면〉), 예심 판사와 검찰 혹은 변호사가 반대하지 않는 한, 내 작업은 생각지도 않았던 흐름 속으로 날 이끌어 갈 것이다. 만일 로망이 답변을 하지 않는다면, 그럴 가능성이 가장 크긴 한데, 난 사건으로부터 〈영감을 받은〉 소설을 쓸 것이고 이름과 지명, 상황을 바꿔 내 맘대로 이야기를 꾸며 낼 것이다. 그것은 픽션이 되는 거다.

　로망은 답장하지 않았다. 나는 편지와 책이 제대로 전달되었는지조차 알려 주려 하지 않던 로망의 변호사를 다시 성가시게 굴었다.

　거절.

　나는 소설 하나를 시작했다. 매일 아침 아내와 아이들에게 뽀뽀를 하고 직장에 가는 척하고는 눈 쌓인 숲 속을 정처 없이 헤매고 다니는 남자의 이야기였다. 하지만 몇십 페이지를 써 내려가다가 벽에 부딪치고 말았다. 난 소설을 포기했다. 이듬해 겨울, 우연히 어떤 책이 내 손에 떨어졌다. 7년 전부터 써오긴 했지만 왠지 끝장을 내지 못한 책이었다. 난 갑자기 그 책을 아주 빠른 속도로, 거의 자동 기술처럼 써 내려갔다. 그리고 그것이 내가 이루어 낸 최선의 작품과는 아주 거리가 멀다는 걸 금세 깨달았다. 그 소설은 눈 속을 혼자 방황하는 살인자 아버지의 이미지를 중심으로 구성되었다. 나를 로망의 이야기에 끌리게 했던 것이, 끝마치지 못한 다른 기획들처럼 이 책에서 제자리를, 정확한 제자리를 찾아냈으며, 그것을 이야기로 풀어냄으로써 마침내 그런 종류의 망집을 청산했다는 생각이 들었다. 드디어 나는 다른 일로 넘어갈 수 있으리라. 하지만 어떤 일? 거기에 대해서는 아무것도 알지 못했고 걱정도 하지 않았다. 나는 내가 쓰기로 되어 있던 책을 써낸 것이다. 나는 살아 있다는 느낌이 들기 시작했다.

선생님,

귀하의 1993년 8월 30일자 편지에 이토록 긴 시간이 지나서야 답장을 쓰게 된 것은, 귀하의 제안에 대한 증오심이나 무관심 때문이 아닙니다. 예심 진행 중에는 편지를 쓰지 않는 게 좋겠다는 변호사의 만류 때문이었습니다. 얼마 전 예심이 끝나, 선생님의 기획이 그럴듯하게 실현되도록 도와줄 수 있는 여유로운 마음이 생겼고 (세 명의 정신과 의사를 만나 250시간의 심문을 치러 낸 후) 생각도 좀 더 분명해졌습니다. 거기다 또 하나의 우연한 상황이 저에게 강한 영향을 미쳤습니다. 얼마 전에 읽은 선생님의 최근작 『겨울 아이』가 굉장히 좋은 책이라는 생각이 들었기 때문입니다.

저에게는 아직도 일상의 현실로 남아 있는 이 비극을 이해하겠다는 선생님의 의지가 여전하시고 저를 만나기를 원하신다면, 대심 재판소 검사장에게 면회 요청 청구서를 작성하시고 두 장의 사진과 신분증 복사본을 준비하셔야 할 겁니다.

답장은 물론이고 선생님을 직접 만날 수 있기를 기대하며, 선생님의 책이 성공을 거두기를 온 마음으로 기원합니다. 저에게 보여 주신 연민에 진심으로 감사드리며 선생님의 작가적 재능에 칭송의 말을 전하는 바입니다.
곧 만날 수 있기를…….

1995년 9월 10일
부르강브레스에서
장클로드 로망

이 편지가 얼마나 날 놀라게 했는지는 두말할 필요도 없다. 2년이란 세월이 지난 뒤에 갑자기 소매를 붙잡힌 느낌이었다. 그간 난 변했으며, 예전의 내 모습은 멀게만 느껴졌다. 사건도 그러했고 특히나 그 사건에 기울였던 나의 관심에 오히려 구역질이 났다. 그러나 다른 한편으론, 아니라고, 이제는 그를 만나고 싶지 않다고 말할 생각은 들지 않았다. 나는 면회 허가를 신청했다. 하지만 그의 가족이 아니라는 이유로 면회는 거절되었다. 1996년 봄으로 예정된 앵Ain의 중죄 재판소 출두 이후에 다시 면회를 신청해 볼 수 있을 거라는 설명이 덧붙여졌다. 그동안은 편지 왕래만이 가능했다.

그는 편지 봉투에 〈장클로드 로망, 팔레 가(街) 6번지, 01011 부르강브레스〉라는, 이름과 주소가 적힌 작은 스티커를 붙였다. 그에게 편지를 쓸 때면 겉봉에 〈감옥〉이라는 표현을 피했다. 그가 거친 모눈종이를 사용하며, 그것을 아껴 써야 하는 형편이고, 게다가 손으로 직접 써야 하는 등등의 의무감을 좋아하지 않을 거라는 짐작을 했다. 그래서 난 적어도 우리가 이 점에서는 동등하다는 느낌을 주기 위해 컴퓨터로 편지 쓰는 일을 그만두었다. 우리의 처지가 불평등하다는 데 대한 나의 집착, 행복한 가정의 남편이자 아빠이고 자유롭고 명성 있는 작가라는 내 행운을 펼쳐 보이면 그에게 상처가 될 거라는 두려움, 죄가 없다는 것에 대한 죄책감 등등, 이 모든 것들이 처음에 그에게 보낸 편지들에서 지나칠 정도의 공손함으로 나타났고 그 역시 이에 충실하게 반향하면서 같은 기조를 유지했었다. 아내와 자식과 부모를 죽이고 살아남은 사람에게 편지를 쓰는 방법에 수천 가지 유형이 존재하지는 않을 것이다. 그러나 한 걸음 물러나 생각해 보면, 이렇듯 부자연스럽고 연민에 찬 진중한 태도를 취함으로써 그리고 그를 끔찍한 일을 저지른 사람이 아니라 끔찍한 일을 당한 사람, 악마의 힘에 휘둘린 불운한 사람으로 바라봄으로써 내가 그를 달래 주고 있다는 걸 금세 깨달을 수 있었다.

맘속으로 수없이 많은 질문을 해보았기에 정작 그에게는 단 하나의 질문도 던질 수 없었다. 그는 또 그대로, 이미 벌어진 일들을 돌이켜 볼 마음이 거의 없었기에 그 의미를 열정적으로 캐보려 하지 않았다. 그는 추억을 되살리지 않았고 〈그 비극〉에 대해서는 아득하고 추상적인 암시만을 했으며 희생자들 중 누구도 떠올리지 않았다. 하지만 자신의 고통과 죽은 이들에 대해 보낼 수 없는 애도에 대해 이야기했고, 자신을 좀 더 잘 이해해 보겠다는 바람으로 읽기 시작한 라캉의 글들은 자진해서 늘어놓았다. 그는 나를 위해 정신과 전문의들의 보고서 일부를 베껴 보내 주었다. 〈……지금의 사건에서 그리고 상황의 시원적인 단계에서 볼 때 장클로드 로망은 자기 자신과 자기가 사랑하는 대상 간의 차이를 잘 두고 있지 않았다. 차별화되지 않고 폐쇄된 총체적 우주 생성 이론 체계에서 그는 그 대상들 중의 일부였고, 대상들은 또 그의 일부였다. 이 단계에서 자살과 친족 살해 사이에는 커다란 차이가 없다.〉

감옥에서의 생활에 대해 자세하게 알려 달라는 부탁을 했지만 더는 구체적인 설명을 해주지 않았다. 그는 현실에 관심이 없는 듯했다. 오로지 현실 뒤에 감춰진 의미에만, 즉 자신에게 어떤 신호처럼 다가왔던 모든 것, 특히 자신의 삶에 내가 개입한 것을 해석하는 일에만 관심을 보였다. 그는 〈이 비극에 접근하는 작가의 관점이 좀 더 환원적인 다른 관점들, 예컨대 정신 분석이나 다른 인문학적 관점들을 보충하고 추월할 수 있을 거〉라고 확신했다. 그러고는 〈모든 《나르시스적 회유》가 자신의 생각(적어도 의식적인)과는 거리가 있었다〉는 점을 나에게 그리고 스스로에게 납득시키려고 했다. 자기가 벌인 일을 이해하기 위해 정신 분석가들보다 나를 더 믿고 있으며, 자신의 이야기를 세상 사람들에게 납득시키기 위해 변호사보다 나를 더 믿고 있다는 말도 했다. 이러한 책임감은 나를 짓눌렀다. 하지만 그가 나를 찾아왔던 게 아니라 내가 먼저 손을 내밀었으니 그 결과를 받아들여야 한다는 생각이 들었다.

나는 한 가지 질문을 함으로써 우리의 편지 왕래에 보조적인 쐐기를 박았다. 「당신은 신자입니까? 무슨 말이냐 하면, 이 비극적 사건에서 당신 스스로는 이해하지 못한 어떤 것을 이해하고 아마도 용서도 줄 수 있는 힘 있는 존재자가 우리 바로 위에 존재한다고 생각합니까?」

답은 이랬다. 「예, ⟨나는 믿음을 가지고 있다고 생각합니다⟩. 그리고 그것이 상황에 따른 일시적 믿음은 아니라고 생각합니다. 그것은 우리가 죽은 후에 하느님의 영원한 사랑 안에서 다시 만나지 못할 거라는 끔찍한 가능성을 부정하거나, 신비로운 구원 안에서 의미를 찾을 수 있다는 걸 겨냥하는 그런 믿음은 아닙니다. 수많은 ⟨신호들⟩이 3년 전부터 나의 신념을 확고히 하기 위해 나타났습니다. 하지만 이 부분에 대한 나의 신중함을 이해해 주기 바랍니다. 선생님이 신자인지에 대해서는 모르겠습니다. 이름을 보면 그럴 것 같다는 생각은 듭니다.」

그것 또한 내가 먼저 시작한 질문이었다. 무척이나 곤혹스러운 질문이긴 했지만 가부간에 대답을 해야만 했기에 나는 불분명한 채로 그렇다고 말했다. 「그렇지 않으면 당신 이야기같이 그렇게 끔찍한 일을 마주할 수 없을 겁니다. 당신이 처했던 그리고 아직도 빠져 있는 그 어둠을 불건전한 자만심 없이 정면으로 바라보기 위해서는 어떤 빛이 존재한다는 걸 믿어야 하고, 지금껏 있었던 모든 일들, 넘쳐나는 불행과 악조차 그 빛 안에서 이해될 수 있다는 걸 믿어야 하니까요.」

재판이 다가오자 그는 점점 더 초조해졌다. 그가 두려워하는 건 형벌이 아니었다. 판결은 분명 중형으로 날 것이고 그는 그걸 알고 있었다. 난 그에게 자유가 결핍되었다는 느낌이 들지 않았다. 감방이 몇 가지 구속을 가져오긴 했지만 전반적으로 그는 그 생활에 맞았다. 모두들 그가 저지른 일을 알고 있었고 더는 거짓말할 것도 없으니 괴로움만 비켜 가면 전혀 새로운 심적 자유를 누릴 수 있었다. 그는 동료들뿐 아니라 간수들에게도 칭찬받는 모범수였다. 누에고치 같은 제 집을 찾아냈는데 이제 거기서 나가 자신을 괴물로 여길 사람들 앞에 먹이처럼 던져진다는 생각에 더럭 겁이 났다. 그래야만 한다고 스스로를 다잡았고, 다른 사람들을 위해 그리고 자신을 위해서도 법정 앞에 서는 일을 피하지 않는 게 중요하다고 되뇌었다. 그는 나에게 이런 편지를 썼다. 「저는 이 재판을 아주 중대한 어떤 만남처럼 준비하고 있습니다. 〈그들〉과의 마지막 만남일 것이고, 〈그들〉 앞에서 마침내 제 자신이 될 수 있는 마지막 기회겠지요……. 그 후에는 저의 앞날이 그리 오래가지 않을 거라는 예감이 듭니다.」

나는 그가 유령처럼 떠돌며 지냈던 장소들을 보고 싶었다. 그래서 내 요구에 따라 그가 손수 그려 준 지도를 가지고 일주일간을 돌아다녔다. 그의 설명이 달린 그 여정을 나는 충실하게, 그가 제안한 대로 시간 순서까지 지켜 가며 그대로 따랐다(「친숙한 곳들을 다시 더듬을 수 있는 기회를 주어 고맙습니다. 무척 괴로운 여정이긴 했지만 혼자가 아니라 누군가와 함께한다고 생각하니 훨씬 쉬웠습니다……」). 유년을 보낸 작은 마을, 부모들의 집, 리옹의 학창 시절에 살던 스튜디오, 불타 버린 프레브생의 집, 아내가 교대 근무를 하던 코탱의 약국, 페르네의 생뱅상 초등학교를 둘러보았다. 뤼크 라드미랄의 이름과 주소를 가지고 있었고 그의 병원 앞을 지나가긴 했지만 들어가진 않았다. 난 아무하고도 이야기하지 않았다. 그 혼자 하릴없이 한나절을 이리저리 걸으며 보내던 장소들, 쥐라 산맥의 숲 속 길과 세계 보건 기구 건물이 자리한 제네바의 국제 기구 밀집 지역을 나 역시 혼자 걸어다녔다. 세계 보건 기구 건물을 찍은 대형 사진이 부모 집의 거실, 어머니를 죽였던 그 거실 벽에 걸려 있다는 이야기를 어디선가 읽은 적이 있다. 사진 위에다 자기 사무실 창문에 X 표시를 해놓았다는데 어딘지 알아볼 수 없었고, 거실 너머로는 가보지 않았다.

 죽을 것 같은 고통으로 누구에게 털어놓지도 못하고 누구도 알아서는 안 되는 터무니없는 자기만의 비밀에 들어박혀 정처 없이 한 해 두 해 헤매어 다닌 이 남자의 발걸음을 뒤쫓다 보니 곤혹스러운 동정심 같은 연민이 느껴졌다. 그리고 아이들, 시체 공시실에서 찍은 아이들의 시체 사진을 생각했다. 본능적으로 두 눈을 감게 만들고, 그런 일이 있을 수 없다는 듯 거센 도리질을 치게 하는 그 적나라한 공포. 나는 광기와 유폐와 냉동의 이야기들과는 이제 끝장을 냈다고 믿었다. 그렇다고 세상의 아름다움과 종달새의 노래로 새벽 기도를 드리는 프란체스코회 수도사 같은 찬미에 들어선 것은 물론 아니지만, 어쨌거나 그런 끔찍한 것들에서는 벗어났다고 생각했다. 그런데 다시금 이 끔찍한 이야기에 선택되어(이렇게 말하는 게 과장이라는 건 알지만, 달리 말할 방법을 모르겠다) 그 일을 저지른 남자와 공명 관계에 들어선 것이다. 난 겁이 났다. 겁이 나고 부끄러웠다. 자기 아버지가 그런 것에 대한 글을 쓰고 있다고 생각할 내 아들들 앞에서 부끄러웠다. 아직 도망칠 시간이 있었나? 아니, 그 일을 이해하고 정면으로 바라보려는 게 정말로 나에게 부여된 특별한 소명이었나?

앵의 중죄 재판정에 좋은 자리를 확보하기 위해 나는 『르누벨 옵세르바퇴르』지의 언론인 패스를 얻어 냈다. 첫 번째 공판이 열리기 전날 프랑스 전역의 사법 담당 기자들이 부르강브레스의 중심가 호텔에 모여들었다. 그때까지 내가 아는 기자들이란 영화 비평가들 부류뿐이었는데 이제 또 다른 부류, 축제가 아니라 재판을 위해 모여든 사람들을 알게 되었다. 그날 저녁 술을 좀 마셔 가며 각자의 취재담을 나누었는데, 칸이나 베니스나 베를린 이야기가 아니라, 자기 아이를 익사시킨 비정한 어머니 빌르맹 재판이 있었던 디종, 게슈타포 장교였던 클라우스 바르비의 재판이 열렸던 리옹 이야기가 오고 갔고 나로서는 그런 모습들이 훨씬 진지해 보였다. 내 첫 기사는 괜찮은 평가를 받았다. 「레스트 레퀴블리캥」의 노련한 베테랑 기자는 술을 따라 주며 말을 놓았고, 「뤼마니테」의 아리따운 여기자는 미소를 건네기도 했다. 나는 마음에 드는 인류애를 가진 사람들로부터 기자 서품을 받은 느낌이 들었다.

재판이 시작될 때 사진 기자들의 참석을 금지하거나 허락하는 건 피고의 재량이었는데, 로망은 사진을 허용했고 몇몇 사람들은 그런 태도를 허세로 해석했다. 다음 날 아침 30여 명의 사진 기자들이 들어왔고, 모든 텔레비전 방송의 카메라맨들은 기다림을 달랠 요량으로 비어 있는 피고석이며 재판정의 쇠시리 그리고 법원 연단 앞의 증거물품 진열창을 카메라에 담고 있었다. 거기에는 소총, 총의 소음기, 최루탄 그리고 가족 앨범에서 빼낸 사진들이 있었다. 사진 속 아이들이 정원에 펼쳐 놓은 미니 풀장에서 물을 튀겨 대며 웃고 있었다. 네 번째 생일을 맞이한 앙투안이 촛불을 훅 불고 있는 모습도 보였다. 플로랑스는 미더운 애정으로 그 아이들을 즐겁게 지켜보고 있었다. 약혼 시절이나 결혼 초기로 추정되는 사진 속에서는 그 역시 슬퍼 보이지 않았다. 두 사람은 식당의 테이블이나 연회석에 앉아 있었고 주변의 사람들은 즐거워하고 있었으며, 아내의 어깨를 감싸고 있는 그는 진정 사랑에 빠진 모습이었다. 곱슬곱슬한 머리칼에 살집이 붙은 얼굴은 혈색이 좋아 보였고 몽상에 잠긴 다정한 모습이었다. 이 사진을 찍을 무렵에도 벌써 거짓말을 하기 시작하지 않았을까 자문해 보았다. 아마도 그랬을 거다.

경관들이 피고석에 입장시킨 그 남자는 수감자 특유의 밀랍처럼 흰 피부에 짧게 깎은 머리, 살이 다 녹아 버린 듯 골격만 무겁게 남은 마르고 물렁한 몸이었다. 그는 검은 정장과 깃이 달린 검정 폴로 셔츠를 걸쳤고, 신원 확인을 위한 질문에 대답하는 목소리는 맑았다. 두 눈은 이제 막 수갑을 푼 두 손 위로 내리깔고 있었다. 정면에 자리한 기자들, 오른쪽의 재판장과 배심원들, 왼쪽의 청중들이 질겁한 표정으로 그를 뚫어져라 바라보고 있었다. 다음 날 「르 몽드」지는 〈악마의 얼굴을 날마다 볼 수 있는 건 아니다〉라는 말로 기사를 시작했다. 나는 저주받은 자에 대한 이야기로 기사를 썼다.

플로랑스의 가족들만은 그를 쳐다보지 않았다. 바로 내 앞에, 두 아들 사이에 앉아 있던 플로랑스의 어머니는 마룻바닥에 시선을 고정시키고 있었다. 혼절하지 않으려고 눈에 보이지 않는 어떤 지점에 자신을 붙들어 매는 듯했다. 오늘 아침 그녀는 힘겨운 몸을 일으켜 아침을 먹고 옷을 갈아입고 안시에서 차를 타고 와야 했을 것이다. 그리고 이제 여기 앉아 24쪽에 달하는 고소장의 낭독을 듣고 있었다. 고소장의 내용이 딸과 손자들의 시체 부검 부분에 이르렀을 때 둥글게 말아 쥔 손수건으로 입을 꽉 틀어막고 있던 그녀의 손이 조금 떨리기 시작했다. 팔을 뻗어 어깨를 토닥여 줄 수도 있었으련만 깊은 심연이 우리를 갈라놓고 있었다. 그녀의 고통이 내가 받아들일 수 없을 만큼 강렬해서만은 아니었다. 내가 글을 썼던 것은 그녀와 그녀의 가족을 위해서가 아니라, 그들의 삶을 파괴해 버린 자를 위해서였기 때문이었다. 내가 마음을 써야 한다고 생각한 것은 그였다. 책을 쓰겠다고 나서면서부터 나는 그것을 〈그의〉 이야기로 생각하고 있었기 때문이었다. 점심도 나는 그의 변호사와 함께 먹었다. 그러니까 나는 다른 편이었던 것이다.

그는 몹시 낙담한 채로 있었다. 오전이 끝나 갈 무렵에서야 가까스로 방청석과 기자석을 향해 눈길을 돌릴 엄두를 냈다. 그의 안경테가 우리와 그를 가르고 있는 유리창 뒤에서 번득였다. 마침내 그의 시선이 나의 시선과 마주쳤을 때 우리는 둘 다 눈을 내리깔았다.

로망 가문은 몇 세대에 걸쳐 클레르보레락과 인근 마을에 터를 잡고 살아온 쥐라 산의 산림 감시원들이었다. 그들은 그곳에서 진정한 한 가문을 이루었고, 엄격하고 고집 센 성품으로 모두의 존경을 받았다. 〈진짜 고집불통 로망〉이라는 말을 들을 정도였다. 열심히 일했고 하느님을 두려워했으며 말이 곧 계약서였다.

제1차 세계 대전 다음 해인 1914년에 태어난 에메 로망은 1939년의 제2차 세계 대전 때 징집되어 곧이어 포로가 되었고 수용소에서 5년을 보냈다. 훈장을 받고 고향에 돌아온 그는 아버지와 함께 일하며 산림회 관리자로 부친의 뒤를 이었다. 산림 벌목은 비교적 눈속임이 쉬웠기 때문에 관리자는 주주들 쪽의 큰 신임을 필요로 하는 직업이었다. 에메는 부친처럼 그 같은 신임을 얻을 자격을 갖추었다. 큰 키에 각진 얼굴의 에메는, 날카로운 눈매를 가진 동생 클로드 같은 다혈질적인 카리스마는 없었지만, 나름대로 강한 인상을 주곤 했다. 동생은 자동차 정비공이었다. 에메는 작은 키에 소심한 성격의 어떤 여자와 결혼했는데, 그 여자는 무슨 병인지는 정확하게 알 수 없지만 늘 병자로 여겨졌다. 건강이 나빴고 항상 불안과 걱정으로 노심초사하곤 했다. 이런 잠재적 우울증에 기인한 건지 혹은 에메의 집착적인 성향 탓인지 아무튼 이 부부에게서는 뭔가 뻣뻣하고 옹졸한 구석, 소심하고 자폐적인 불안한 습관이 일치감치 감지된다. 대대로 손이 많은 집안이었건만 이들 부부에게 아이라곤 1954년에 태어난 장클로드뿐이었다. 어머니 안마리는 두 번 연달아 자궁 외 임신으로 병원 신세를 졌고 그것은 그녀의 평생 근심거리가 되었다. 부친은 아들을 불안하게 하지 않으려고 아이에게는 그 사실을 애써 감추었다. 게다가 아내에게 일어난 일은 불건전하고 위협적인 섹스의 세계와 관련이 있다는 생각이 들었기 때문이었다. 자궁 절제술은 맹장 수술로 위장되었지만 어린 아들은 두 번에 걸친 어머니의 부재, 집안 사람들이 소곤거리는 〈병원〉이란 단어, 그리고 음산한 분위기로부터 자기 엄마가 죽었는데 사람들이 그 사실을 자기에게만 숨기고 있다고 추론했다.

유년은 작은 마을에서 보냈고, 그곳에서 보낸 시간은 장클로드에게 산림 감시원의 일거리를 물려주었으며, 부친은 농장을 개발했다. 나는 그가 만든 지도의 도움을 받아 그곳을 둘러보았다. 드넓고 어두침침한 소나무 숲의 외진 협곡 한 귀퉁이에 몇 채의 집들이 있었다. 그가 다닌 초등학교에는 아이가 세 명뿐이었다. 나중에 그의 부모는 클레르보에 집을 짓고 그곳에 정착했다. 그는 또래보다 한 살 늦게 학교에 들어갔고 책을 많이 읽었다. 초등학교 2학년 때는 최우수학생 상을 받기도 했다. 이웃들, 사촌들, 학교 선생들은 얌전하고 조용하고 순한 어린 소년으로 그를 기억했고, 어떤 사람들은 너무 얌전하고 너무 조용하고 너무 순했다고 이야기했다. 하지만 일이 다 터지고 나서 그의 지나친 면을 인정한다는 건 불가해한 드라마에 대한 빈약한 설명일 따름이다. 외동아들이었으니 조금은 과잉보호된 면이 있었을 거다. 결코 말썽을 부리지 않았으며 정말로 사랑스럽다기보다는 존경받을 만한 — 이런 표현을 아이한테도 쓸 수 있다면 — 아이였지만 그렇다고 불행했을 거라고는 아무도 상상하지 않았다. 아이가 아버지 이야기를 하는 일은 드물었는데 아버지 이름이 좋다는 이상하고 어색한 코멘트는 잊지 않고 흘렸다. 〈사랑받는 사람이라는 뜻을 가진 아버지 이름은 참 좋은 거 같아.〉 어머니는 온갖 일에 대해 늘 걱정이 많았고, 그런 어머니에게 더 많은 걱정을 끼쳐 드리지 않으려고 어머니를 속이는 일을 일치감치 터득했다고 했다. 절대로 감정을 드러내지 않는 아버지를 감탄스러워했으며 자기도 그 점을 모방하려고 노력했다. 모든 일이 순조롭게 흘러가야만 했다. 안 그랬다가는 어머니의 상태가 더 나빠질 것이고 하찮은 일들, 아이에 대한 자질구레한 근심으로 어머니의 건강을 더 나쁘게 만든 배은망덕한 자식이 될지도 모른다. 그러니까 웬만한 건 감추는 게 상책이었다. 이를테면 다른 집들은 형제자매가 많아서 훨씬 더 활기가 넘치는데 왜 우리 집은 나 혼자냐고 물어보는 일은 부모를 괴롭힌다는 걸 알았다. 그런 질문은 숨겨진 뭔가를 들춰내며, 단지 호기심이지만 그로 인한 고통이 부모를 슬프게 한다는 걸 느끼고 있었다. 어머니는 괴로움이란 단어를 자주 썼는데 거기에 희한하게도 구체적인 의미가 부여돼서 마치 그게 어머니를 좀먹어 가는 신체의 병처럼 여겨졌다. 만일 자기도 그 병에 걸렸다는 고백을 하면 어머니의 병을 악화시킬 거라는 걸 그는 잘 알고 있었다. 그것은 아주 심각한 일이고 어머니를 죽게 만들 수도 있었다. 한편으론, 절대로 거짓말하지 말라고 가르쳤고 그건 반드시 지켜야 할 원칙이었다. 로망 가문은 약속을 잘 지키며 황금처럼 정직해야 하니까. 그런가 하면 다른 한편으론, 어떤 일들에 대해서는 설령 그것이 진실일지라도 절대 입 밖에 내지 말아야 했다. 괴로움을 일으켜서도, 성공이나 장점을 떠벌려서도 안 되었다.

(이런 점을 이해시키고 싶은 마음에 장클로드는 자신과 아내가 제네바에 영화를 보러 나가는 척하고는 실제로는 형편이 어려운 가족들에게 글을 가르치곤 했다는 일화를 불쑥 들이댔다. 친구들에겐 물론이고 예심 판사에게도 하지 않은 이야기였다. 어안이 벙벙해진 재판장이 좀 더 자세한 — 그게 어떤 환경에서 이루어진 일이며 그 가족들이란 누구였는지를 밝히라고 — 설명을 요구하자 죽은 플로랑스를 배려해야 한다며 뒤로 물러서 버렸다. 자선을 떠벌리는 일을 좋아하지 않았을 거라면서.)

피고의 유년에 대한 이야기가 끝나 갈 무렵 변호사인 아바드 씨가 이렇게 질문했다. 「기쁘거나 괴로울 때 당신의 절친한 친구는 개가 아니었나요?」 그는 입을 열었다. 사람들은 평범한 대답, 이제 익숙해지기 시작한 이성적이면서도 탄식하는 듯한 어조의 그의 대답을 기다렸지만 아무 소리도 들리지 않았다. 그는 비틀거렸다. 조금씩 몸을 떨기 시작하더니 그다음엔 강렬하게 온 사지를 떨었다. 그리고 정신 나간 듯한 웅얼거림이 그의 입에서 터져 나왔다. 플로랑스의 어머니조차 그를 향해 눈을 돌렸다. 그러더니 피를 얼어붙게 하는 신음 소리를 내지르며 바닥으로 굴렀다. 그의 머리가 마룻바닥에 부딪치는 소리가 들렸고 두 다리가 피고석 바로 위로 허우적대는 모습이 보였다. 그를 둘러싸고 있던 경관들은 경련으로 요동치는 바싹 마른 몸을 진정시키기 위해 최선을 다했다. 그리고 여전히 신음을 내며 두려움에 벌벌 떠는 그를 데리고 나갔다.

좀 전에 나는 〈피를 얼어붙게〉라고 썼다. 그날 나는 틀에 박힌 표현들이 어떤 진실을 감추고 있는지를 깨달았다. 그가 나간 후, 재판장이 불분명한 목소리로 한 시간의 휴정을 선포할 때까지 정말이지 〈죽음 같은 정적〉이 감돌았다. 사람들은 일단 재판정 밖으로 나와서야 이야기를 시작했고, 저마다 좀 전에 일어난 일을 해석해 보려고 했다. 어떤 이들은 그러한 발작이 때맞춰 나타난 감정의 신호라고 생각했다. 그때까지 그는 그만큼 초연해 보였던 것이다. 다른 이들은 제 자식을 죽인 남자가 한낱 개한테 그런 감정을 드러낸다는 건 끔찍한 일이라고 비난했다. 위장술이 아니겠냐고 의심하는 사람들도 있었다. 원칙적으로 나는 담배를 끊었지만 흰 턱수염에 꽁지머리를 한 늙은 신문 삽화가에게 담배 한 개비를 빌려 피웠다. 그 삽화가는 나에게 물었다. 「저 사람 변호사가 뭘 시도하는 중이었는지 이해했어요?」 난 몰랐다. 「변호사는 저자를 무너지게 하고 싶은 거요. 청중들이 저 사람을 가슴속 감정이 없는 사람, 냉혹한 사람으로 볼 거라고 생각한 거지. 그래서 두꺼운 철벽같은 저자의 빈틈을 보여 주려 한 거요. 하지만 그런 일을 하는 게 엄청 위험하다는 생각은 못하고 있어요. 내가 이런 말을 할 수 있는 건, 삽화 도구를 끼고 40년째 프랑스의 온갖 법정을 찾아다녔기 때문에 보는 눈이 생겨서라오. 저자는 〈심한〉 중환자야. 저런 자를 법정에 나서게 한 정신과 의사들이 미친 사람들이지. 저 사람은 지금 자신을 통제하고, 모든 걸 통제하고 그렇게 해서 꼿꼿하게 버티고 서 있는 거야. 하지만 조금만 건드리기 시작하면 더는 통제를 못하고 모든 사람들 앞에서 터져 버릴 테고 그렇게 되면, 장담컨대 끔찍한 일이 벌어지고 말 거야. 사람들은 우리 앞에 한 남자가 서 있다고 생각하지만 실은 저건 더 이상 사람이 아니야. 저자는 오래전부터 더는 사람이 아니었어. 그건 마치 시커먼 구멍 같은 거라고, 그게 곧 우리들 낯짝 위로 덮쳐 올 테니 두고 봐요. 사람들은 광기란 게 뭔지 몰라. 그거 굉장히 끔찍한 거요. 세상에 그보다 더 끔찍한 건 없다고.」

나는 고개를 끄덕였다. 『겨울 아이』가 꼭 제 자신의 유년 이야기 같다던 그의 말이 떠올랐다. 시커먼 거죽 틀만 남을 때까지 차츰 그의 내부를 갉아 들어간 커다란 흰 공백, 그 심연으로부터 냉랭한 공기가 빠져나와 노련한 삽화가의 등줄기를 오싹하게 만들었다는 생각이 들었다.

 재판이 재개되었다. 주사를 맞고 기운을 되찾은 장클로드는 자신의 발작을 설명하려고 애썼다. 「⋯⋯개 이야기를 하다 보니 어린 시절의 비밀, 견디기 힘든 비밀들이 떠올랐습니다⋯⋯. 어린 시절의 고통들을 이야기하는 건 온당치 못한 일일 겁니다⋯⋯. 부모님들은 이해도 못하고 실망만 하실 게 뻔해서 그런 이야기는 할 수 없었습니다⋯⋯. 거짓말을 하지는 않았지만 제 감정의 밑바닥은 한 번도 털어놓은 일이 없었습니다. 내 개한테 말고는⋯⋯. 저는 언제나 웃으며 지냈고 부모님들은 제가 슬프다는 걸 추호도 의심하지 않으셨지요⋯⋯. 〈그땐 아무것도 숨길 게 없었는데도 저는 그 괴로움, 그 슬픔을 숨기고 있었습니다⋯⋯.〉 부모님은 제 말을 들어 줄 준비가 되어 있었을 거고, 플로랑스도 그랬을 겁니다. 하지만 전 말을 할 줄 몰랐습니다⋯⋯. 그리고 다른 사람을 실망시키고 싶지 않다는 톱니바퀴에 빠져 들자 한 번의 거짓말이 다른 거짓말을 낳고, 그렇게 해서 일평생 거짓말의 악순환에 빠져 들어⋯⋯.」

 어느 날 개가 사라졌다. 어른들 말에 따르면, 아이는 아버지가 개를 총으로 쏴 죽였다는 의심을 했다고 한다. 개가 병이 들었기 때문에, 아들에게 죽어 가는 개를 보는 괴로움을 덜어 주고자 아버지가 그렇게 했다는 것이다. 혹은 아이가 중

대한 잘못을 저질렀는데 개를 처형해 버리는 것만이 유일하게 가능한 벌이었기 때문에 개를 죽였다는 이야기도 있었다. 또 다른 가설은 아버지가 진실을 말했을 거라는, 즉 개가 진짜로 사라졌다는 말도 있었다. 하지만 아이는 이 가설을 한 번도 고려해 보지 않았다. 그 집안에서는 절대로 거짓말을 하지 않는다는 게 원칙이었으나 선의의 거짓말 또한 당연시되었다.

그와 함께 살아온 개들은 재판 과정 내내 그에게 강렬한 감동을 불러일으켰다. 그러나 이상하게도 어떤 개의 이름도 언급되지 않았다. 사건들의 시기를 추정하기 위해 개들이 걸렸던 병과 그로 인한 걱정들을 떠올리면서 그는 끊임없이 개 이야기로 되돌아갔다. 몇몇 사람들은 그가 의식적이든 아니든, 이런 이야기들이 눈가에 어리게 하는 눈물을 이용해서 뭔가를 표현하려고 애쓰고 있다는 인상을 받았다. 그 무언가가 이 돌파구를 통해 빠져나오려고 했지만 그 무엇인가는 결국 나오지 않았다.

롱스르소니에 중학교의 기숙생이던 그는 고독하고, 스포츠에 둔하고, 겁 많은 청소년이었다. 자기와는 다른 행성에 살고 있던 여학생들은 물론이고 여자를 잘 안다고 까불대는 약삭빠른 남학생들도 그를 별로 좋아하지 않았다. 그는 클로드라는 상상의 여자 친구를 벗 삼아 혼자의 세계로 도피해 버렸다고 한다. 정신과 의사들은 이 클로드라는 인물이 그가 의사들의 환심을 사려 나중에 꾸며 낸 이야기가 아닐까 의심하고 있다. 바칼로레아 철학 시험에서는 20점 만점에 16점이라는 좋은 점수를 받았는데 그가 시험을 치렀던 1971년 6월 학기에 대학에서 제안한 세 개의 주제 중에서 그가 택한 것은 〈진실이란 존재하는가〉였다.

산림 관리인 자격 시험을 위해 리옹의 명문인 파르크 고등학교의 국립 농업 전문 학교 준비반에 들어갔지만 일은 잘 풀리지 않았다. 분위기가 나쁘지는 않았다는 걸 인정하면서도 그는 신입생 환영회에 대한 이야기를 하고 있다. 거기서 모욕을 당했던가? 반응은 병으로 나타났고 호흡기 질병인 축농증이 반복적으로 지속되는 바람에 만성절 방학을 보낸 후에도 리옹으로 돌아가지 않아도 된다는 허락을 얻어 내고 그해의 나머지 학기를 부모 집에 틀어박혀 지냈다.

그해 클레르보에서 지내는 일이 어떠했는지는 그만이 알고 있었지만 그는 말하지 않고 있다. 그 시절은 그의 인생의 공백으로 남아 있다. 쥐라 지역의 겨울밤은 길기만 하다. 사람들은 문틈을 메우고 일찌감치 불을 켜고 얇은 커튼과 안개 뒤편의 큰 거리를 감시하듯 살핀다. 남자들은 카페에 가곤 했지만 그는 가지 않았다. 외출도 거의 않고 부모 외에는 누구하고도 이야기하지 않았다. 부모하고는 자기가 병자라는 상황을 유지하려는 생각에서 말을 나누었다. 부모들에게는 그의 온갖 회의와 우울증이 변덕으로만 비쳐졌기 때문이었다. 키도 크고 몸집도 컸지만 물렁한 몸이 마치 어른 체격에 겁에 질린 아이 피부를 붙여 놓은 형색이었다. 기숙사에서 지내는 동안엔 쓰지 않았던 그의 방은 어린 시절 그대로였다. 그로부터 22년이 지난 후, 거기서 자기 아버지를 죽이게 되는 그날까지 방은 그때 모습 그대로 남아 있게 된다. 이제 너무 작아진 그 방에 누워 있는 그의 모습을 상상해 본다. 천장을 바라보기도 하고, 어느새 밤이 되어 고요해진 순간 문득 소스라치게 놀라기도 하고, 독서에 얼이 빠져 있기도 한 그의 모습을. 부모들이 가지고 있던 책들은 숲에 관한 것이거나 주택 관리법 따위의 실용 서적들뿐이었다. 서가의 한 칸은 제2차 세계 대전에 관한 책들로 도배되어 있었고 몇 권의 신앙서가 있었다. 부모는 소설을 경멸했다. 아들이 병이 난 바람에 동네 서점에서 뭐 사다 줄 만한 책이 없나 둘러보기도 했지만, 그곳 회전 서가에 꽂힌 포켓북들은 거의 바뀌는 법이 없었다. 로망 부부는 아들을 통신 강의에 등록시켰다. 매주 귀퉁이가 제대로 붙어 있지 않은 연한 주홍빛의 대형 우편물이 배달되면 — 그렇게 많은 우편물을 받는 일이 없던 그 집에서는 그것도 하나의 작은 사건이었다 — 공부를 한 후 다시 반송해야 했고, 채점과 성적을 포함한 다음번 배달을 기다리곤 했다. 그는 그러한 격식을 잘 지켰다. 하지만 그가 진짜로 숙제를 했을까? 어쨌거나 감히 공표하지는 않았지만 농업 학교 준비반으로 돌아가지 않겠다는, 그러니까 산림 관리인 시험을 포기하겠다는 결심이 굳어진 그로서는 형식만 따라가던 시절이 분명히 있었다.

부모는 산림 관리원이 되기를 바랐지만 그는 의학을 공부하게 된다. 이러한 방향 전환은, 언뜻 보기에도 자신이 좋아하는 일을 내세워 외부의 구속에 대항했던 그의 단호함을 입증한다. 그런데도 그는 자기가 마지못해 그렇게 결심했다고 말하고 있다. 진술 서류의 처음부터 끝까지 그는 숲에 대한 사랑, 나무 한 그루 한 그루를 살아 있는 존재로 여겼고 벌목을 위해 나무 하나를 지목하기 전에 오랜 시간 숙고하곤 했던 아버지로부터 물려받은 그 사랑에 대해 상술하고 있다. 나무의 수명은 인간으로 치면 여섯 세대를 감쌀 수 있고, 바로 이 척도로 나무의 나이를 잰다면 선조 세 세대와 후손 세 세대가 유기적으로 얽히게 된다. 그는 자기 집안 사람들이 항상 그래 왔듯이 숲에서 일하며 사는 일보다 더 아름다운 일은 없을 거라고 생각했다. 한데 어째서 그걸 포기했는가? 나는 그가 정말로 자기 아버지처럼 산림 관리원이 되기를 꿈꿨다고 생각한다. 그것은 아버지가 사람들의 존경을 받고 있으며 실제적인 권한을 가지고 있다는 걸 보아 왔기 때문이고, 요컨대 아버지를 숭배했기 때문이었다. 그런데 파르크 고등학교에 다니면서 이러한 숭배가 잘사는 부르주아 자식들의 경멸에 부딪치게 되었다. 의사나 변호사의 아들들에게 산림 관리원은 일종의 하급 농부로 보였던 것이다. 아버지의 직업이 높은 경쟁률의 특수 학교를 거쳐 상당한 지위에 오른 것이긴 하지만 이제는 바람직해 보이지 않았고, 그것에 대해 부끄러움을 느꼈을 것이다. 그는 사회적 신분 상승의 꿈을 키웠고 우등생으로서의 그의 자질은 그런 꿈을 더없이 온당한 것으로 만들었다. 하지만, 의사가 됨으로써 그의 꿈은 훌륭하게 실현될 수 있었고 자신의 환경에 비해 출세한 모든 예민한 사람들이 그렇듯이 그의 성공이 가족 모두가 가장 소중하게 여기던 희망을 채워 준 것임에도 불구하고, 그는 그들을 배신한 듯한 고통을 느꼈다. 그는 〈아버지가 얼마나 실망하셨는지 안다〉고 말하고 있지만 사실 아버지는 조금도 실망하지 않은 것 같다. 초기에는 좀 걱정하긴 했지만 금세 순박하게 아들의 성공을 대견스러워했다. 그러니까 그건 차라리 〈자기에게〉 치명적인 실망이었다고 말해야 한다. 그로서는 의사라는 직업이 부득이한 선택이었을 뿐이고 그 일에 대해서는 어떤 소명도 가지고 있지 않았기 때문이다.

환자를 돌보고 병든 육체를 만진다는 생각은 그에게 혐오감을 불러일으켰고 한 번도 그 일을 신비화한 적이 없었다. 반면에 병에 대한 지식을 습득하는 일은 매력적으로 생각했다. 그를 진찰했던 정신 분석의 투테뉘는, 의사로서의 소명을 완전히 부정했던 로망의 말에 동의하지 않는다고 재판 과정에서 진술했다. 로망의 내부에는 진실하고 좋은 의사가 되고자 하는 마음이 있었으며 그가 그러한 길을 선택하게 된 데는 무의식적인 강력한 동기, 즉 그런 게 없었더라면 아무 일도 이루어지지 않을 그런 동기가 있었을 거라는 게 정신 분석의의 견해였다. 그 동기란 바로 자기 어머니의 병이 뭔지 이해하고, 가능하다면 낫게 해드리고 싶다는 욕망이다. 금지된 심적 고통과 그것이 병으로 몸에 나타나는 것 사이의 구별이 어려웠던 그 집안 분위기를 보건대, 어쩌면 그는 훌륭한 정신과 의사가 될 수 있었을지 모른다는 말까지 투테뉘 의사는 과감하게 덧붙였다.

그가 리옹의 의과 대학 1학년에 등록한 또 다른 이유가 있다. 집안 행사에서 가끔 보았던 먼 사촌 플로랑스가 그 학교에 등록했기 때문이다. 플로랑스는 두 남동생과 함께 안시의 부모 집에서 살고 있었다. 아버지는 안경테를 제작하는 기업에서 일했고, 남동생 하나는 안경사가 되었다. 큰 키에 날씬한 체격의 스포티한 여자였던 플로랑스는 캠프파이어, 친구들과의 외출, 그리고 교회 행사 때 과자 굽는 일 따위를 좋아했다. 그녀는 모태 신앙의 가톨릭 신자였다. 그녀를 아는 모든 사람들은 솔직하고 올곧고 타협할 줄 모르며 인생을 행복하게 여기는 여자라고 이야기했다. 「멋진 여자죠, 조금은 구식인……」 뤼크 라드미랄은 이렇게 말했다. 절대로 어리석지 않았지만 그렇다고 약삭빠르지도 않았다. 자신이 나쁜 일을 하지 않는 한 악이라는 걸 이해하지도 못한다는 의미에서 그랬다. 그녀에게는 말썽 없는 평탄한 삶이 약속된 것처럼 보였고, 그런 삶을 부정적으로 보는 사람들은 진작부터 그녀의 삶이 실망스러운 곡선을 긋고 있다고 속단했을 테지만, 사실 그녀는 그런 사람들과 자주 접촉하지 않았다. 열심히 공부하지는 않았지만 자기처럼 건실하고 온유한 남편을 만날 수 있었던 대학 시절, 단호한 원칙과 즐거운 분위기 속에 키워지는 두세 명의 아이, 부엌이 잘 갖추어진 교외의 단독 주택, 여러 세대가 함께 어울려 보내는 크리스마스와 생일 같은 큰 축제들, 자기와 비슷한 친구들, 완만하지만 일정한 상승세를 유지하는 반복되는 일상, 그리고 하나 둘씩 떠나는 아이들, 그 아이들의 결혼, 큰 애의 방은 음악실로 개조하여 이제 다시 시간을 내서 피아노 앞에 앉아 보고, 남편은 은퇴를 하고, 지금까지는 시간이 어떻게 흘러갔는지 몰랐는데 이제 우울한 순간들을 맞이하기 시작하고, 집이 너무 크다는 생각, 하루하루가 너무 길고, 아이들의 방문은 뜸해진다. 그리고 짧은 사랑의 모험을 함께했던 그 남자가 다시 생각난다. 40대 초반에 이루어진 단 한 번의 외도. 당시로선 그러한 비밀, 도취, 죄의식이 끔찍했었다. 뒤이어 남편 역시 나름대로 외도를 했으며 이혼까지 생각했었다는 걸 알게 된다. 가을이 다가오면서 웬일인지 온몸이 으스스하고, 어느덧 만성절이 가까워진 어느 날, 늘 하던 종합 검사를 받고 암에 걸렸다는 사실을 알게 된다. 그리하여 이제 모든 게 끝나고 몇 달 후면 땅에 묻히게 될 것이다. 그렇게 평범한 인생일 테지만 그녀는 거기에 집착할 줄 알았을 것이고, 좋은 주부처럼 집에 마음을 쏟아 가며 살아갈 수 있었을 것이며, 가족들에게 온화한 가정을 만들어 주었을 것이다. 그 외의 다른 것, 공상이 뒤따르는 은밀한 것에 대해서는 결코 꿈도 꾸지 않았던 듯하다. 아마도 그녀는 심오했다고 자부하던 자신의 신앙으로 보호받고 있었을 것이다. 그녀 속에는 최소한의 보바리즘도, 가출이나 비극은 물론이고 일관성 없는 일탈 행위에 대한 아주 하찮은 취향도 없었다.

(이렇게 말하고 나니, 비극이 일어나기 전까지는 모두들 장클로드를 그런 아내의 완벽한 남편으로 생각했다는 점을 덧붙여야 할 것 같다. 재판 과정에서 재판장은 장클로드가 사들인 포르노 비디오에 대해 놀라워하며 그걸로 뭘 했냐고 순

진하게 물었다. 피고는 비디오를 봤다고, 때로는 아내와 함께 봤다고 대답했고, 재판장은 그런 말은 고인에 대한 중상모략이라고 다그쳤다. 포르노 비디오를 보고 있는 플로랑스를 상상이나 할 수 있냐고 재판장은 소리쳤고, 그는 고개를 떨어뜨리며 중얼거렸다. 「예, 무슨 말인지 잘 압니다. 하지만 제가 그랬을 거라고도 아무도 상상하지 않았습니다.」)

이렇듯 곧고 밝은 인생은 플로랑스의 타고난 속성처럼 보였고 장클로드는 그러한 삶을 함께하고 싶었다. 자기는 열네 살 때부터 그녀에게 운명 지어진 느낌이 들었다는 거다. 그런 생각을 반박할 어떤 근거도 없었지만, 그게 두 사람 모두 즉각적으로 동의한 선택인지는 확실하지 않다. 리옹에서 플로랑스는 같은 의대에 다니던 두 명의 여자 친구와 작은 아파트를 함께 쓰고 있었다. 그 친구들에 따르면 쥐라 출신 사촌의 집요하고 소심한 구애에 플로랑스는 오히려 짜증을 냈고, 그녀의 부모는 그를 마음에 들어 했다고 한다. 어떻게 보면 그는 플로랑스를 감시하는 임무를 맡은 것 같았고, 일요일 저녁이면 안시에서 돌아오는 플로랑스를 맞이하기 위해 한 번도 거르지 않고 페라슈 역에 나가곤 했다. 굉장히 사교적이었던 플로랑스에 비해 그는 아무도 아는 사람이 없었다. 하지만 아무것도 하지 않아도 가만히 그녀 옆에 서 있다 보니 결국엔 그녀가 어울리는 그룹의 일원이 되어 버렸다. 그가 끼여 있어도 아무도 불편해하지 않았고, 그가 없다 해도 누구 하나 그를 불러낼 생각 또한 하지 않았다. 산으로 소풍을 가거나 가끔씩 토요일 저녁이면 춤을 추러 다니는, 별로 소란스럽지 않은 이 작은 그룹에서 그는 그다지 재미있지는 않지만 착한 인물 역할을 했다. 뤼크 라드미랄은 천성적으로 리더였다. 잘생긴 용모에 리옹의 오래된 의사 가문의 후손으로 허세 없는 자신감이 몸에 붙은 데다 편협하지 않은 가톨릭 신자였고 자신의 미래를 준비하면서도 젊음을 즐기려는 단호함이 있었다. 뤼크는 순수한 의미에서 플로랑스와 호흡이 맞았다. 장클로드는 그에게 강의 노트를 빌려 주곤 했는데, 노트 정리가 너무도 깔끔하게 되어 있어서 마치 남에게 보여 주려고 노트한 것처럼 생각될 정도였다. 뤼크는 장클로드의 성실성과 충실성을 높이 평가했다. 그는 장클로드를 칭찬하면서도 그게 겉치레가 아니라 확실한 믿음에서 비롯한 칭찬이라는 걸 보여 주고 싶어 했다. 다른 친구들은 장클로드를 뭔가 서투른 구석이 있는 평범한 시골뜨기로만 보았지만 뤼크는 그를 멀리 발전할 수 있는 근면한 노력형 그리고 그보다 더 좋은 확실하고 솔직한 사람, 완벽한 신임을 받을 만한 사람이라는 걸 짐작했다. 이러한 뤼크의 우정은 장클로드가 그들 그룹에 동화되는 데 커다란 기여를 했고 플로랑스의 감정에도 영향을 미쳤을 것이다.

말이 곱지 않은 자들은 플로랑스가 마지못해 장클로드를 받아들인 거라고 말한다. 감동을 받아 마음이 누그러지긴 했지만 사랑한 것은 아니라고 말이다. 하지만 누가 알겠는가? 남녀 관계의 미스터리는 아무도 알 수 없다. 우리가 알고 있는 건, 지난 17년간 그들이 해마다 5월 1일을 기념해 왔다는 사실이다. 그날은 결혼기념일이 아니라, 장클로드가 플로랑스에게 처음으로 〈사랑한다〉고 고백한 날이었고, 그러한 공표 후에 둘이 — 그녀로서는 분명 처음이었을 — 최초로 육체적인 관계를 맺은 날이었다. 그의 나이 스물한 살 때의 일이다.

섹스는 이 사건의 공백 중 하나다. 그는 코린에게까지도 아내 외의 다른 여자를 사귄 적이 없다고 고백했고, 내가 잘못 알고 있는지 모르지만 플로랑스 역시 결혼 후 다른 관계를 가졌을 거라고는 생각지 않는다. 애정 생활의 질은 파트너의 숫자에 달려 있지 않으며 평생 한 사람에게만 충실한 사람들 사이에서도 아주 만족스러운 에로틱한 관계가 존재하는 법이다. 그렇지만 장클로드와 플로랑스가 아주 만족스러운 에로틱한 관계로 결합되었다고는 상상하기 어렵다. 만일 그랬더라면 그들 이야기가 이런 사건으로 벌어지지는 않았을 것이다. 예심이 진행되는 동안 성생활에 관련된 질문이 던져졌고 그는 모든 것이 〈정상〉이었다는 대답만 했다. 그리고 적잖이 이상한 점은, 그를 심문했던 정신 분석의들 중 누구도 그 점에 대해서는 더 이상 추궁하려 들지 않았고, 그 문제에 대한 가설을 형식화하려 들지도 않았다는 것이다. 반면에 재판이 진행되는 동안 사법부 담당의 베테랑 기자들 사이에서는 이 모든 사건의 근원은 피고의 잠자리 능력이 대단치 못했던 데에 있다는 빈정거리는 소문이 나돌았다. 이러한 소문은 단지 장클로드가 풍기는 인상 때문만은 아니고 우연한 일치에 근거하고 있었다. 그가 여자와 잠자리를 할 때마다, 즉 1975년 봄에 플로랑스와, 그리고 1990년 봄 코린과 잠자리를 하고 난 다음에 여자 쪽에서 결별을 선포해 왔고 그는 낙담의 시간을 보냈다는 우연한 일치 때문이었다. 코린은 그의 은근한 접근에 몸을 내맡기자마자 둘 사이의 관계에 대한 자신의 입장을 다정하면서도 합리적인 말로 표현했다. 우리 여기서 멈춰요. 난 우리의 우정에 너무 집착하고 있기 때문에 그걸 망쳐 버릴 수 없어요. 확신컨대 그렇게 하는 게 더 좋아요, 등등. 그게 다 그의 행복을 위한 거라면서 위로해 주려고 애쓰는 그녀의 이야기를 그는 마치 벌받는 아이처럼 듣고 있었다. 그로부터 15년 전에도 같은 일이 벌어졌다. 마침내 둘 사이에 육체 관계를 맺은 지 며칠 뒤에 플로랑스는 시험 준비를 핑계로 방해받을 것 같다면서 더는 만나지 않는 게 낫겠다는 결심을 했다. 그래, 그러는 게 좋아.

그렇게 퇴짜를 맞은 그는 파르크 고등학교 시절처럼 무의식적인 우울증과 실착 행위로 반응을 보였다. 진짜로 자명종이 울리지 않았는지 아니면 그가 소리를 듣고 싶지 않았는지 모르지만 아무튼 그는 너무 늦게 일어나는 바람에 2학년 말 시험을 보지 못했고 가을 학기로 시험을 연기했다. 재난스러운 상황은 아니었던 것이 학기 이수를 위해 그는 단지 몇 점이 모자랐을 뿐이다. 그럼에도 그 여름은 우울했다. 플로랑스가 두 사람 모두의 원만한 학업을 위해 다시는 그를 만나지 않겠다는 의지를 지켜 나갔으며 그렇게 단호한 결심에도 불구하고 그룹의 친구들과는 함께 외출도 하고 춤도 추러 다닌다는 소식을 동료들을 통해 들었기 때문이었다. 클레르보에서 그는 더더욱 슬픔에 잠겼다. 그리고 개학이 다가왔고 분기점이 시작되었다.

 플로랑스의 결별 선언과 9월 개강 사이, 여름 방학 직전에 사건의 전조를 알리는 에피소드가 자리한다. 그는 이미 안시로 떠나 버린 플로랑스를 제외한 그룹의 친구들과 함께 야간 디스코텍에 갔었다. 어느 순간 장클로드는 자동차에 있는 담배를 가지러 나갔다. 그는 몇 시간이 지난 후에야 돌아왔는데 아무도 그렇게 오래 자리를 비운 그에 대해 걱정하지 않았다. 셔츠는 피에 얼룩져 찢어져 있었고 얼굴은 공포로 얼이 빠져 있었다. 그는 뤼크와 다른 친구들에게 낯모르는 자들의 공격을 받았다며 이야기를 시작했다. 그자들은 총으로 그를 위협하며 차 트렁크에 들어가라고 했고 차 열쇠를 달라고 요구했다. 차에 시동이 걸렸다. 차는 아주 빨리 달렸고 그는 차 트렁크 안에서 이리저리 부딪치며 캄캄하고 비좁은 공간 안에서 죽음의 공포에 시달렸다. 아주 멀리까지 간 듯한 느낌이 들었는데 한 번도 본 적이 없는 그 사람들은 아마도 그를 다른 사람으로 착각하고 죽이려고 했던 듯했다. 그렇게나 거칠게, 아무렇게나 그를 트렁크 안에 던져 버리더니 마침내 그를 트렁크 밖으로 다시 끌어내어 두드려 패고는 리옹에서 50킬로미터 떨어진 부르강브레스의 도로변에 내동댕이쳐 버렸다. 그들은 차를 버려 둔 채 떠나 버렸고 그는 운전대를 잡고 어찌어찌하여 돌아올 수 있었다.

「아니, 도대체 그놈들이 너한테 뭘 원한 거야?」 기가 막힌 친구들이 물었다. 그는 머리를 흔들며 대답했다. 「글쎄, 그걸 모르겠어. 아무것도 모르겠다고. 나 역시 너희들과 똑같은 질문을 하고 있는 중이야.」 경찰에 알리고 고소를 해야 했다. 그는 그렇게 하겠노라고 말했지만 리옹 경찰서의 기록에는 흔적이 남아 있지 않다. 친구들은 그 후 며칠 동안 뭔가 새로운 소식이 없냐고 그에게 물어보았지만 곧이어 방학이 되자 뿔뿔이 떠나 버렸고 그 뒤로는 그 이야기를 다시 하지 않았다. 18년이 지난 후 친구의 과거에서 비극을 설명해 줄 수 있는 무엇인가를 찾아내던 중 뤼크가 그 사건을 기억해 냈다. 뤼크는 예심 판사에게 그 이야기를 했는데 판사는 이미 알고 있었다. 정신 분석의들과의 초기 면담 과정에서 피고가 자신의 과대망상의 예로서 그 이야기를 매우 자발적으로 꺼냈다. 청소년 시절에 클로드라는 이름의 연인 이야기를 꾸며 냈던 것과 똑같이 사람들의 관심을 끌기 위해 폭행당한 이야기를 꾸며 낸 것이다. 「하지만 나중에는 그게 진짜인지 가짜인지 더는 모르겠더라고요. 실제로 폭행당한 기억은 물론 없고 그런 일이 일어나지 않았다는 건 알지만, 거짓으로 꾸며 낸 기억, 옷을 찢거나 내 스스로 상처를 만들어 낸 기억 또한 없어요. 잘 생각해 보면 분명히 내가 그랬을 거라는 생각은 들지만 정말이지 기억이 나지 않아요. 그래서 결국은 내가 정말로 폭행을 당했다고 믿어 버리게 되었어요.」

이 고백에서 가장 이상한 점은 아무것도 그를 강요하지 않았다는 사실이다. 18년이 지난 지금 그건 완전히 증명이 불가능한 이야기였다. 하긴 그가 디스코텍에 돌아와 친구들에게 그 이야기를 했을 때도 이미 증명할 길이 없었다. 게다가 이야기가 앞뒤도 맞지 않았고, 모순적이게도 바로 그런 이유로 아무도 그걸 의심해 볼 생각을 하지 않았다. 일반적으로 거짓말쟁이들은 이야기를 그럴듯하게 꾸미려고 애를 쓴다. 한데 그가 하는 이야기에는 그런 구석이 없었기 때문에 사실이 되어 버렸던 거다.

내가 중학교 2학년이었을 때 많은 애들이 담배를 피우기 시작했다. 열네 살 때 반에서 키가 가장 작았던 나는 키 큰 애들 흉내를 내다가 웃음거리가 될까 두려워서 술책을 확실하게 마련했다. 어머니가 여행 중에 사온 켄트 담배 한 개비를 꺼내 손님이 담배를 피우고 싶어 할 경우를 대비해 내 방에 숨겨 놓았다. 나는 그 담배 한 개비를 후드 달린 셔츠 주머니에 집어넣고 기회가 왔을 때, 즉 수업이 끝난 뒤 친구들과 카페에 모였을 때 주머니 속으로 손을 밀어 넣었다. 그리고 얼굴을 찌푸리며 주머니에서 발견된 물건을 놀란 표정으로 들여다보았다. 그리고 내가 듣기에도 힘겨운 새된 목소리로 누가 이런 걸 남의 주머니에 넣었을까, 하고 물었다. 당연한 이야기지만 아무도 그게 나라고 말하지 않았고, 특히나 아무도 그 하찮은 사건에 대단한 관심을 보이지 않았다. 나는 집을 나섰을 때 주머니에 담배가 없었다고 확신했다. 말하자면 누군가 나 모르게 그걸 거기에 슬그머니 넣었다는 소리다. 난 도무지 이해가 안 된다는 말만 되풀이했다. 그렇게만 하면 내가 친구들의 관심을 끌기 위해 이 촌극을 주도했다는 의심으로부터 멀어질 수 있다는 듯이 말이다. 하지만 그 일은 나에게 관심을 몰아주지 않았다. 내 이야기를 듣지 않으려 하지는 않았지만 그나마 가장 호의적인 대답은 〈그러네, 이상하네〉 정도였고 곧이어 모두들 다른 이야기로 넘어가 버렸다. 성가실 뿐 아니라 정신만 없게 만드는 곤란한 상황을 친구들 앞에 내놓은 듯한 느낌이 들었다. 내 주장대로 누군가 그 담배를 내 호주머니 속에 넣었다고 가정할 때 나올 수 있는 질문은 〈왜 그랬을까?〉였다. 혹은, 내가 미리 집어넣고 거짓말을 한 거라고 가정한다 해도 질문은 역시 〈왜? 무슨 목적으로?〉였다. 결국 나는 아무렇지도 않다는 듯 어깨를 한 번 으쓱하고는 〈아무튼, 담배가 여기 있으니 피우는 수밖에 없군〉 하고 얼버무렸다. 그러곤 담배를 피웠다. 하지만 다른 애들 눈에는 그저 담배를 꺼내 불을 붙이는 흡연가의 습관적인 행위로만 보인다는 사실에 내심 놀라고 실망했다. 담배야 친구들 모두 피우던 거였고 난 감히 따라하지는 못한 채 피우고 싶어 했던 것뿐이었다. 과장된 사건을 통해 나도 담배를 피운다는 사실과 내가 담배를 피우는 건 완전히 특수한 상황에 따른 일이라는 사실을 동시에 확인시켜 주고 싶었던 것 같다. 요컨대 사람들이 멸시할 거라는(아무도 그렇게 생각하지 않았는데도) 의구심으로 인해, 나의 선택이 내 의지에 따른 게 아니라 어떤 신비한 사건에 관련된 의무였음을 보여 주려는 이 작은 해프닝은 결국 누구의 주목도 받지 못했다. 그래서 나는 그럴듯하지 못한 로망의 설명에 친구들이 취한 무관심한 태도 앞에서 그가 느꼈던 놀라움을 상상해 볼 수 있다. 그는 밖에 나갔다가 돌아와 어떤 작자들에게 얻어터졌다는 이야기를 한 것뿐이고, 그게 다였다.

재판 이틀째, 결정적인 전환점에 접근하게 될 그날 나는 아바드 변호사와 함께 아침을 먹었다. 변호사는 내 나이 또래의 건장하고 강직한 사람으로 남성적 권위로 똘똘 뭉쳐 있었다. 로망이 그 앞에서 파랗게 질렸을 거라는 생각이 들었고 동시에 학창 시절 선한 마음에 기분 좋게 한 대 때려 주었을 그런 타입의 친구로부터 보호받고 있다는 안도감 또한 느꼈을 거란 생각도 들었다. 게다가 아바드는 돈 한 푼 벌어들일 희망도 없이 이 재판에 많은 시간과 에너지를 쏟고 있었다. 죽은 아이들을 기억하기 위해 변호를 한다고 했다.

 변호사는 곤혹스러워했다. 로망이 밤사이 분명한 기억을 되살렸으며, 시험을 치르지 않았던 〈진짜〉 이유를 기억해 냈다고 주장한다는 것이다. 난 그게 뭐냐고 물었다. 아바드는 나에게 이런 말만 해주었다. 만일 그게 검증된다면 피고에게 유리하게 돌아갈 텐데 불행하게도 전적으로 증명 불가능하다고, 아니 그걸 증명할 수 있는 사람의 이름 대기를 거부하고 있다고 했다. 지금은 죽었지만 소중했던 어떤 사람의 측근들에 대한 배려 때문이라는 거였다.

「글 읽는 걸 가르쳐 주었다던 가난한 가족들 이름을 밝히지 않은 것과 같네요……」

「그 결과를 상상할 수 있겠소?」 아바드는 한숨을 내쉬었다. 「그를 위해 비밀을 지키겠다고 했어요. 그건 그렇고, 당신이 재판정 기자석에 앉아 있는 걸 보고 기뻐하고 있어요. 당신에게 고마운 마음을 가지고 있어요.」

극적인 일은 일어나지 않았다. 로망은 예심 판사에게 했던 똑같은 이야기를 법정에서 얌전하게 했다. 시험 이틀 전날 그는 계단에서 굴러 떨어져 오른쪽 손목에 골절상을 입었다. 그리하여 이 〈평범한 사건〉으로부터 모든 일이 비롯되었다. 하지만 아무 흔적도 남아 있지 않고 그가 1975년에 손목에 붕대를 감고 있었다고 증언해 줄 수 있는 사람 또한 아무도 없었기에 자기가 이 사건을 당시에 혹은 예심 때 꾸며 냈다는 의심을 받을지도 모른다는 걱정을 하면서 〈정말로〉 그런 일이 있었다는 사실을 극구 주장했다. 그리고 이 일에서도 또 한 번, 이야기의 일관성 없음이 진실성에 대한 담보라도 되는 양, 실은 그런 사건이 아무것도 바꾸지 않았을 거라고, 왜냐하면 시험 답안을 구술해 달라고 요구할 수도 있었기 때문이라는 말을 덧붙였다.

시험 날 아침, 자명종의 시침은 그가 일어나야 할 시간, 시험 시작 시간, 시험 종료 시간을 연달아 가리키고 있었다. 그는 침대에 누워 시곗바늘 돌아가는 모습을 바라보고 있었다. 시험지를 걷어 가고, 학생들은 대형 강당 출구에서, 카페테라스에서 서로들 시험을 잘 치렀나 확인하고 있었다. 오후가 시작될 무렵 그의 부모가 전화를 걸어 시험을 어떻게 봤냐고 물어 왔고 그는 잘 치렀노라고 대답했다. 다른 사람은 아무도 그에게 전화하지 않았.

   시험을 보고 나서 결과가 발표되기까지 3주의 시간이 있었다. 모든 게 유예 상태였다. 거짓말을 했다는 걸 아직은 고백할 수 있었다. 물론 그건 어려운 일이었다. 그토록 신중한 젊은이가 애들처럼 어리석은 짓을 저질렀다는 걸 인정하는 일은 무엇보다 비싼 대가를 치르는 일이었다. 그건 「4백 번의 구타」에 나오는 앙투안 두아넬의 바보짓 같은 거였다. 영화에서 앙투안은 학교에서 저지른 잘못을 모면하기 위해 자기 엄마가 얼마 전에 죽었다고 거짓말했고 곧이어 그러한 거짓말로부터 빚어진 불가피한 결과들에서 벗어나야만 했다. 최악의 사태란 그 결과들이 피할 수 없다는 데 있다. 엄마가 24시간 안에 기적적으로 죽지 않는 한, 아이는 절대 하지 말아야 했을 말을 내뱉은 그 순간부터 앞으로 전개될 일을 완벽하게 알고 있었다. 당황, 유감스러운 연민, 주워섬겨야만 하는 자세한 일들, 그리고 그런 것들은 그를 더더욱 옭아맬 것이고 곧이어 진실이 밝혀지는 끔찍한 순간이 다가온다. 이런 종류의 거짓말은 계산 없이 쏟아져 나온다. 입에서 나오는 즉시 후회하게 되고 1분 전으로 시간을 되돌릴 수 있기만을 소망하고 방금 전에 저지른 미친 짓을 없애 버리고 싶어 한다. 로망의 경우 더 당혹스러운 상황은 그 같은 광기가 두 시기에 걸쳐 이루어졌다는 사실이었다. 실수로 귀중한 자료의 삭제 버튼을 누른 컴퓨터 사용자가 정말로 그 자료를 없애 버리길 원하냐는 프로그램의 질문에 그럴 건지 아닌지를 한참 숙고한 뒤에도 확인 버튼을 눌러 버린 그런 상황과 같다. 보지도 않은 시험을 봤다고 한 한심한 거짓말이야 고백할 수 없다 하더라도, 시험에 떨어졌다는 말은 할 수 있었을 텐데……. 시험 회피나 실패를 부모한테 고백할 용기는 없었더라도, 대학 당국에 찾아가 부러진 손목과 우울증을 설명하고 재기를 협상해 볼 수는 있지 않았을까. 합리적으로 따져 볼 때 이 모든 게 실제로 그가 했던 일, 결과 발표일을 기다리다 그날이 되자 시험에 합격했으며 의대 3학년에 올라갔다는 거짓 공표를 한 것보다는 바람직했으리라.

한편으로는 정상적인 길이 열려 있었을 것이다. 친구들이 따라갔던 그 길로 가기 위해 그는 평균보다 조금 웃도는 능력을 가지고 있었다는 걸 모두들 인정하고 있다. 도중에 잠깐 비틀거린 셈이지만 아무도 그를 보지 못했으니까 아직은 스스로를 추스를 시간이 있고, 다른 사람을 따라잡을 시간도 있다. 또 다른 길은 거짓말투성이의 길일 텐데, 모든 알레고리들이 그렇듯이 이 길은 초입부터 장미꽃이 만발한 것 같고 먼저의 길에는 가시와 돌멩이가 가로막혀 있는 것 같다고 말할 수는 없다. 막다른 골목이라는 걸 보기 위해 그 길에 발을 들여놓고 모퉁이까지 가볼 필요는 없다. 치르지도 않은 시험에 합격한 척하는 건 성공할 요행이 있는 과감한 속임수, 즉 모두 잃느냐 따느냐의 승부수가 아니다. 당장에 발각되어 수치와 조롱 속에 대학에서 쫓겨날 뿐이고 그거야말로 그가 세상에서 가장 두려워한 일이었다. 그러나 재빨리 가면이 벗겨지는 일보다 더 끔찍한 일이 기다리고 있으리라는 걸 어찌 상상이나 했겠는가? 가면이 벗겨지지 않은 채 지내다가 18년 뒤에 그 유치한 거짓말이 자기 부모와 당시에는 아직 존재하지 않았던 자신의 가족인 아내와 아이들의 학살로 이어질 거라는 걸 말이다.

「도대체 왜 그랬나요?」 재판장이 물었다.
그는 어깨를 으쓱했다.
「저 역시 20년 동안 매일같이 그 질문을 해왔습니다. 아직도 답은 찾지 못했습니다.」
짧은 침묵이 흘렀다.
「하지만 시험 결과는 공개되었잖아요. 피고에게는 친구들이 있어요. 그런데도 피고의 이름이 합격자 명단에 없다는 걸 아무도 알아채지 못했나요?」
「그렇습니다. 하지만 단언컨대, 명단에 제 손으로 이름을 써놓지는 않았습니다. 게다가 합격자 명단은 유리 덮개 밑에 있었습니다.」
「수수께끼로군요.」
「저도 그렇게 생각합니다.」

재판장은 배석한 판사들 중 한 명에게 몸을 숙였고, 판사는 재판장의 귀에 대고 무슨 말인가 속삭였다.
「피고가 질문에 답변하고 있는 건 아니라는 생각이 듭니다.」

　진급에 성공했다는 소식을 발표한 후 그는 부모가 사준 스튜디오에 틀어박혔다. 파르크 고등학교에서 적응하지 못했을 때 유년 시절의 방에 틀어박혔던 것처럼. 클레르보에 돌아가지도 않았고 학교에도 가지 않았으며 친구들도 만나지 않은 채 첫 학기를 그곳에서 보냈다. 어쩌다 초인종이 울려도 대답하지 않았고, 문 밖의 방문객이 낙담하여 돌아갈 때까지 꼼짝 않고 기다렸다. 그리고 발걸음 소리가 층계참에서 멀어져 가는 소리에 귀를 기울였다. 실의에 빠져 침대에 엎드려 지냈고 집안 청소도 하지 않았고 통조림으로 연명했다. 책상 위에 펼쳐진 강의록 복사물은 며칠째 똑같은 페이지 그대로였다. 이따금 자기가 한 짓에 대한 의식이, 혼곤하게 빠져 든 마비 상태를 쿡쿡 쑤셔 대곤 했다. 무엇이 이 난관을 벗어나게 할 수 있었을까? 학교에 불이 나서 시험지를 모두 잿더미로 만들면? 지진이 일어나 리옹 시를 파괴해 버리면? 자신의 죽음? 내가 왜 내 인생을 망쳐 버렸는가에 대해 자문했으리라는 추측은 된다. 자신의 인생이 망쳐졌다는 건 인정했을 테니까. 사기 행각을 집요하게 지속할 생각은 하지 않았으며, 게다가 그 무렵의 생활은 사기 행각도 아니었다. 학생인 척도 하지 않았고 외부 세계로부터 물러나 있었으며, 언젠가 경찰이 들이닥칠 걸 잘 알고 있는 범죄자처럼 자기 방에 틀어박혀 모든 게 끝장나기만을 기다렸으니까. 도망을 치고 주소를 바꾸고 외국으로 날라 버릴 수도 있었지만 그렇게 하지 않았다. 그러느니 차라리 아무 일도 하지 않고 집 안에 머물면서 한 달도 더 된 낡은 신문을 수십 번씩 다시 읽으며 차가운 통조림 수프로 끼니를 때우고 몸무게를 20킬로나 불리며 마지막을 기다리고 싶었을 것이다.

친구들은 그의 부재를 조금 놀라워하긴 했지만 별로 중요한 인물이 아니었기에 애매한 몇 마디 말을 주고받는 게 고작이었고 그나마도 곧 의례적이 되었다. 〈요즘 장클로드 본 적 있냐? 아니, 못 봤어, 강의에도 안 나타나고 실습 시간에도 못 봤어, 도대체 뭐 하고 있나 몰라〉 등등. 정보에 가장 빠르다는 친구들은 실연의 상처를 이야기했다. 플로랑스는 그렇게 말하도록 내버려 두었다. 그리고 그는 닫힌 덧창 너머 자신의 스튜디오에 갇혀 조금씩 유령으로 변해 가고 있었고 씁쓸한 만족감을 느끼며 이러한 무관심을 상상했을 것이다. 어린 시절 그랬듯이 통통하게 살찐 아이처럼 모두에게 버림받고 골방 구석에서 죽어 간다는 생각에 묘한 쾌감을 느꼈을 것이다.

하지만 모든 사람한테 버림받은 것은 아니었다. 크리스마스 방학 조금 전에 누군가 벨을 누르며 문을 열어 줄 때까지 집요하게 기다렸다. 플로랑스는 아니었다. 뤼크였다. 그의 활기는 때로 사람을 거슬리게 했고, 자신의 시각과 다르게 사태를 바라보는 능력이 전무했다. 하지만 그는 무료 편승을 요구하는 사람들에게 차를 태워 주고, 이사하는 친구들을 도와주고 낙담한 친구들의 등을 힘차게 툭툭 쳐주는 그런 좋은 사람으로 보이려고 마음을 썼다. 분명 그는 장클로드에게 호통치고 꾸짖으며 위험한 처지에 놓여 있다는 걸 말해 주었을 것이다. 그가 사용하는 틀에 박힌 표현들은 역시 같은 취향이던 장클로드에게 그다지 충격적이지 않았다. 예심 때, 두 사람 모두 예전에 함께 나눴던 아주 인상 깊은 대화의 한 장면을 기억하고 있었다. 뤼크의 자동차로 손 강의 부두를 달리고 있을 때였다. 한 사람은 운전을 하면서 설명했다. 발이 바닥을 칠 때면 표면으로 떠올라야 하는 순간이라는 걸. 다른 한 사람은 이미 물 건너간 듯한 음울하고 절망에 찬 표정으로 상대의 말을 듣고 있었다. 장클로드는 모든 걸 뤼크에게 털어놓고 싶은 유혹을 느꼈을지도 모른다. 그러면 뤼크가 어떤 반응을 보일까? 처음엔 당연히 이런 말을 했을 것이다. 「이런! 정말 엉터리 같은 짓을 저질렀구나!」 그러고는 여전히 긍정적으로 친구의 어리석음을 되돌릴 수단을 찾으려 했을 것이다. 엄연히 존재하고 있으니 전혀 비현실적이진 않지만 엄청난 대가를 지불해야 하는 수단을 말이다. 뤼크는 장클로드가 어떻게 처신해야 할지를 말해 줬을 것이고 모든 걸 계획하고 친구를 위해 학장까지 찾아갔을 것이다. 소년 범죄자가 변호사에게 모든 걸 맡기듯 뤼크에게 모든 걸 맡겼다면 일은 쉬웠을 것이다. 그러나 다른 한편, 뤼크에게 진실을 말한다는 건 그의 면전에서 무너져 내리는 일이었다. 그보다 더 끔찍한 일은 그의 몰이해와 성난 질문을 마주해야 하는 거였다. 「아니, 세상에! 장클로드! 미쳤구나! 어째서 그따위 짓을 했는지 설명할 수 있냐?」 당연히 못한다. 그럴 능력도, 그러고 싶은 마음도 없었다. 그는 너무 지쳐 있었다.

빨간 신호등 앞에서 뤼크는 친구를 향해 고개를 돌리고 그의 눈길을 찾았다. 그는 장클로드의 절망의 원인이 당연히 플로랑스와의 결별에 있다고 생각했고(그건 어느 정도 사실이었다) 여자들이란 변덕스러우니까 아직 모든 게 끝난 건 아니라는 걸 강조했다. 그 순간 장클로드가 입을 열었다. 자기는 암에 걸렸다고.

그건 미리 생각해 두었던 말은 아니었지만, 두 달 전부터 그가 애지중지해 오던 몽상이었다. 암이라면 모든 문제를 해결할 수 있을 것 같았다. 거짓말도 용서받을 것이다. 사람이 곧 죽는다는데 2학년 말 시험을 봤는지 안 봤는지가 무슨 대수겠는가? 플로랑스로부터 그리고 별 생각 없이 자신을 하찮은 존재로 여기던 친구들로부터 동정과 감탄을 받을 것이다. 암이라는 말을 내뱉자마자 그는 그 말의 마술적인 힘을 느꼈다. 해결책을 찾아낸 것이다.

그가 선택한 암은 림프 암이었다. 림프 암은 변덕스러운 질병으로 눈에 보이지 않게 진전하며 반드시 치명적이지는 않아도 위중하고, 병을 앓으면서도 몇 년간은 정상적인 생활을 유지할 수 있다. 이제 거짓말의 자리를 대신하게 된 병은 장클로드가 정상적인 삶을 유지하도록 〈해주었다〉. 몇몇 사람들은 그가 시한폭탄과 함께 살아가고 있다는 걸 알고 있었다. 언젠가는 터지겠지만 지금은 그게 세포들의 비밀 속에 잠들어 있었다. 곧이어 그는 병세가 일시적으로 차도를 보인다고 이야기했고 그 후로는 더 이상 언급하지도 않았다. 나는 장클로드 스스로 자기를 짓누르던 위협을 그런 식으로 드러내는 걸 더 좋아했으며 병의 위협이 임박했는데도 아직은 멀리 있다고 자신을 설득하고 싶어 했을 거라는 생각이 든다. 그리하여 회복 가능성 없이 그저 불가피한 재난을 기다리고만 있던 위기의 시절을 보낸 후 환자의 정신 상태를 자기 안에 들어앉혔다. 불가피한 재난을 알고 있으며, 사실 매 순간이 일시적으로 병이 호전된 마지막 순간이 될 수 있다는 걸 알고 있지만 그럼에도 살아가기로, 계획을 세우기로 작정한 환자, 그리고 그러한 신중한 용기가 주위 사람들의 찬탄을 자아내는 그런 환자의 정신 상태를 제 것으로 만들어 버렸다. 사기 행각 대신에 림프 암을 고백한 것은 결국 너무도 개인적이고 특이한 어떤 현실을 다른 사람들이 이해할 수 있는 용어로 바꿔 놓은 셈이 되었다. 사실 그는 거짓말보다는 차라리 암으로 고통받기를 바랐을 것이다. 거짓말도 따지고 보면 일종의 병이다. 거기에도 원인이 있고 전이의 위험이 있으며 치명적인 경과 예측은 유보되기 때문이다. 하지만 운명은 그에게 거짓말이라는 병이 들러붙게 했고 그러한 병에 걸린 것은 그의 잘못이 아니었다.

삶은 다시 흐름을 탔다. 그는 학교로 돌아갔고 친구들, 특히 플로랑스를 다시 만났다. 친구의 병을 알고 나서 몹시 충격을 받은 뤼크는 플로랑스가 그 사실을 알고 있는지 물었고, 장클로드는 그건 절대로 원치 않는 일이라고 신중하고 심각하게 대답했다. 진실한 친구 뤼크가 자신의 그러한 생각에 반대하며 하게 될 말을 추측하고는 〈플로랑스에게는 아무 말도 하지 마, 알았지? 아무 말 않겠다고 약속해〉라는 말까지 덧붙이는 위험을 감수했다. 「난 그런 약속 할 수 없어. 플로랑스는 괜찮은 여자야. 그 여자도 알 권리가 있어, 모든 걸 알고 있으면서도 감췄다는 걸 알게 되면 죽는 날까지 날 원망할 테고 그리고 그녀 생각이 옳을 수도 있으니까……」 그게 일종의 술수였다면 장클로드는 성공한 셈이다. 플로랑스의 룸메이트들은 플로랑스가 장클로드에 대해 존경과 애정을 가지고 있긴 하지만 육체적으로는 끌리지 않는다는 이야기를 넌지시 했다. 그중 한 친구는, 플로랑스가 그의 축축한 몸을 너무 혐오했고 그 남자가 자신을 만지는 것도 자기가 그 남자를 만지는 것도 견딜 수 없어 했다는 말까지 했었다. 그랬는데 중병에 걸렸다는 사실 때문에 그에게 다시 돌아왔다는 생각을 하면……. 어쨌거나 그녀는 되돌아왔고, 2년 후 그들은 약혼식을 하게 되었다.

놀라운 행정 자료가 재판 서류에 나타났다. 대학 2학년 때 장클로드와 리옹─노르 의과 대학의 교육 연구부(UER)가 1975년부터 1986년까지 주고받은 편지였다. 장클로드는 3년차 진급 시험 당시에 자신이 건강상의 이유로 시험에 응시하지 못한다는 걸 밝히는 편지를 두 차례에 걸쳐 보냈다. 편지에는 서로 다른 의사의 서명이 적힌 의료 진단서가 첨부되어 있었고 이유는 밝히지 않은 채, 유감스럽게도 시험 기간 동안 일주일에서 2주일의 입원 처방을 내리고 있었다. 1978년의 편지들에는 형식은 동일한데 〈첨부한 증명서〉는 붙어 있지 않았다. 그래서 대학 측에서 다시 날아온 몇 번의 독촉 편지에 그는 이미 증명서는 보냈다는 듯이 앞서 보낸 증명서를 언급하며 답장을 보낸다. 이런 어처구니없는 일이 빚어낸 결과는 9월의 재응시 기회를 허용하지 않기로 했다는 학교 측의 통보였다. 하지만 그가 2학년에 재등록하는 것까지 금지한다는 조항은 명시되어 있지 않았고, 그리하여 그는 1985년까지 줄곧 2학년으로 등록을 하게 된다. 매년 가을이면 등록처로부터 새 학생증을 받았고 시험 관리처로부터는 교육 연구 처장의 사인과 함께 9월 시험 응시를 금지한다는 동일한 편지를 받았다. 1986년 11월이 되어서야 새로 부임한 교육 연구 처장은 비로소 로망이라는 학생에게 시험 응시(그는 시험에 응시하지 않았다)뿐만 아니라 재등록도 금지시킬 수 있는가를 알고 싶어 했다. 그런 경우는 전례가 없다는 답변이 돌아왔다. 부처장은 유령 학생을 소환했지만 그는 나타나지 않았다. 갑작스러운 어조 변화에 경계심이 발동했는지 그는 더 이상 숨소리도 내지 않았다.

이러한 학창 시절 자료가 나왔을 때, 재판장과 검사 측과 변호사 측은 하나같이 아연실색했고 너 나 할 것 없이 당혹스러워했다. 로망은 〈저 역시 그런 게 가능할 수 있다는 데 놀랐습니다〉라고 말했다. 기껏해야 학교 행정의 우둔함에 편승하고, 행정 기록상 자신은 그저 하나의 번호에 불과하리라는 생각까지는 품었겠지만, 그렇다고 12년 동안이나 계속해서 의대 2학년에 등록할 수 있으리라고는 분명 상상하지 못했다. 어쨌거나 경계 경보는 훨씬 전에 울렸어야 했다. 그를 번호로만 대하는 행정 관리들이 아니라 친구 혹은 약혼자로 대하던 사람들로부터 말이다. 하지만 아무 일도 일어나지 않았다. 그는 강의에 들어왔고 도서관을 들락거렸다. 그의 스튜디오 책상 위에는 다른 친구들과 똑같은 교과서와 복사물이 있었고 자기보다 덜 성실한 친구들에게 노트를 빌려 주는 일도 계속했다. 공부를 하는 척하기 위해 실제로 의학 공부에 필요한 정확한 양의 에너지와 정열을 발휘했다. 플로랑스와 다시 사귀게 되었을 때는 함께 벼락치기 공부를 하곤 했고 서로 모의 시험을 보기도 했다. 하지만 이제는 둘이 같은 공부를 할 수 없었다. 로망이 합격한 걸로 되어 있던 2학년 말 시험을 플로랑스는 망쳤기 때문이었다. 플로랑스는 룸메이트이던 두 명의 여자 친구들처럼 그리고 그들 그룹의 친구인 자크 코탱처럼 약학으로 방향을 틀어 버렸다. 그녀는 조금 실망하긴 했지만 그렇다고 유난을 떨지는 않았다. 실력 없는 의사보다는 좋은 약사가 더 낫다고 생각했고, 좋은 의사는 장클로드가 될 거라고, 아마도 더없이 훌륭한 의사가 될 거라고 믿었기 때문이다. 그는 야심이 있고 노력형이었으며 친구들 모두 그가 크게 될 거라고 생각했다. 그녀는 장클로드의 인턴 시험을 돌봐 주었고, 그는 그녀의 약학 커리큘럼을 도와주었다. 요컨대 그는 시험을 보지 않고 병원 수련에 참가하지 않은 것을 제외한 의대 전 과정을 완수했다. 시험이 시작될 때는 강의실 입구와 출구에 나타나기도 했고, 시험 기간에는 많은 학생 수와 시험에 대한 각자의 스트레스 때문에 그의 존재쯤은 잊힐 거라고 생각했다. 수련은 참여 인원이 제한적인 데다가 각자 개별적으로 팀장을 따라가야 했기 때문에 몰래 어떤 팀에 끼어드는 일이 불가능했다. 하지만 리옹 시에 흩어져 있는 여러 병원에서 이루어졌기 때문에 누군가 수련에 대해 물어 오면 자신은 상대방이 포함되지 않은 병원에 속한 척하면 되었다. 가장 형편없는 시나리오 작가들도 다룰 수 있는 플롯을 우리는 상상해 볼 수 있을 것이다. 서로 다른 거짓말로 속여 왔던 두 사람과 동시에 마주친 사기꾼의 장면을 말이다. 하지만 그도 그렇고 학교 친구 중 어느 누구도 그 같은 장면을 기억하지 못하니, 그런 상황은 한 번도 일어나지 않았다는 이야기다.

친구들이 결혼을 하기 시작했다. 장클로드와 플로랑스는 결혼식의 증인으로 가장 많이 불려 다녔다. 곧이어 그들의 차례가 되리라는 걸 누구도 의심하지 않았다. 플로랑스의 부모는 결혼을 적극적으로 밀어붙였다. 미래의 사윗감을 매우 좋아했기 때문이다. 그들의 결혼식은 50여 명의 하객과 더불어 안시 근처의 부모 집에서 이루어졌다. 이듬해 플로랑스의 논문은 심사 위원의 훌륭한 평가를 받으며 통과되었고 장클로드는 파리의 인턴 콩쿠르에 받아들여졌다. 처음에는 리옹의 국립 보건 의학 연구소 연구원직을 맡았던 그는 제네바의 세계 보건 기구 소속 연구소에 주임 자격으로 파견되었다. 그래서 그들은 페르네볼테르에 정착하기 위해 리옹을 떠났다. 뤼크 라드미랄은 부친의 병원을 맡기 위해 페르네볼테르로 왔고 자크 코탱도 약국을 열어 플로랑스가 시간제로 근무할 수 있게 되었다. 페르네볼테르는 한 시간만 달리면 안시와 클레르보에 모두 닿을 수 있는 위치에 있었다. 몇 발자국만 움직이면 전원과 산 그리고 도시의 즐거움을 만끽할 수 있었다. 국제 공항과 열린 사회 그리고 코즈모폴리턴적인 곳이었다. 요컨대 아이들을 위해서는 최적의 장소였다.

친구들은 아이를 갖기 시작했다. 장클로드와 플로랑스는 대부와 대모로서 여러 군데에서 부름을 받았고 곧이어 그들 역시 아이를 갖게 되리라는 데 아무런 의심의 여지가 없었다. 벌써 두 번째 아이를 가진 뤼크와 세실의 큰딸인 소피의 대부였던 장클로드는 그 아이를 굉장히 예뻐했다. 장클로드의 딸 카롤린은 1985년 5월 14일에, 아들 앙투안은 1987년 2월 2일에 태어났다. 애들의 아버지는 제네바의 세계 보건 기구 연구소와 리옹의 국립 보건 연구소의 소장들이 주었다는 멋진 선물들을 가져왔고, 그곳의 소장들은 그 뒤에도 생일을 잊는 법이 없었다. 플로랑스는 그들을 알지는 못했지만 남편이 대신 전달해 준 선물에 대해 감사의 편지를 보냈다.

로망 가족의 사진첩은 화재 당시 대부분 불타 버렸지만 몇몇 사진은 남아 있었고 그것은 우리 가족사진과 닮아 있었다. 나와 뤼크 그리고 모든 젊은 아빠들처럼 장클로드 역시 딸의 탄생에 맞추어 사진기를 샀고 열정적으로 카롤린과 앙투안의 모습을 사진에 담았다. 젖 먹는 모습, 숲 속 공원에서 노는 모습, 첫 걸음마를 하는 모습, 아이들에게 몸을 숙인 플로랑스의 미소, 그리고 이번에는 그녀가 그의 모습을 찍었다. 아이들을 안고 몹시 자랑스러워하는 모습, 두 팔로 아이를 들어 올리는 모습, 목욕 시켜 주는 모습 등을. 사진 속의 그는 기쁨을 천천히 드러내는 표정이었는데 그 모습은 아내를 감동시켰고 결국 자기가 선택을 잘했다는, 아내와 아이들을 그렇게나 사랑하는 남자를 사랑하기로 한 게 잘한 거라는 생각이 들게끔 했다.

　그들의 아이들.

　그는 플로랑스는 플로, 카롤린은 카로, 앙투안은 티투라는 애칭으로 부르곤 했다. 그리고 소유격을 사용하여 이름을 불러 대곤 했다. 나의 플로, 나의 카로, 나의 티투, 이렇게……. 또한 애정 어린 조롱을 섞어 〈티투 씨〉라고 부르곤 하면서 꼬마들을 굉장히 심각한 모습으로 만들어 놓기도 했다. 그래, 티투 씨, 잘 주무셨어요?

그는 말하고 있다. 〈사회적인 측면은 거짓이었지만 감정적인 면은 진실이었다〉고. 자신이 가짜 의사이긴 했지만 진짜 남편이고 아빠였으며 마음 깊이 아내와 아이들을 사랑했고 그들 역시 자신을 사랑했노라고 말했다. 그들을 알고 있던 사람들은 사건이 일어난 후에도, 앙투안과 카롤린이 행복했고 순박했으며 정서적으로 균형이 잡혀 있었다고 증언했다. 딸애는 좀 소심했고, 아들은 정말이지 활달했다. 서류에 붙어 있는 학급 사진에는 함박웃음으로 활짝 벌어진 둥근 얼굴과 빠져 버린 젖니들의 빈 구멍이 보였다. 아이들은 언제나 모든 걸 알고 있고, 아이들에게 아무것도 감춰서는 안 된다고들 말한다. 나는 누구보다도 그 말을 믿고 있다. 나는 사진들을 다시 들여다본다. 이젠 그런 말들에 자신이 없다.

아이들은 의사인 아빠를 자랑스러워했다. 카롤린은 〈의사는 아픈 사람들을 고쳐 줍니다〉라고 작문한 적이 있다. 그는 고전적인 의미로 환자들을 고쳐 주지는 않았으며 자기 가족조차 치료하지 않았다. 자신을 포함한 온 가족이 뤼크의 치료를 받았으며 스스로는 평생 단 한 건의 처방전도 내리지 않았다고 강력히 주장했다. 하지만 플로랑스는 남편이 환자들을 고쳐 줄 수 있는 의약품을 개발한다고, 그 일은 여느 일반 의사보다 더 훌륭한 일이라고 설명했다. 어른들은 그에 대해 더 이상 아는 게 없었다. 그를 잘 모르는 사람들에게 물어보면 그가 세계 보건 기구의 요직에 있으며 해외 출장을 많이 간다고 말했을 것이다. 그를 잘 아는 사람들은 그가 동맥 경화증에 관한 연구를 하고 있으며 디종의 의과 대학에서 강의를 하고 있고 로랑 파비위스 같은 고위 정치인들과 접촉하고 있다는 말을 덧붙였다. 하지만 정작 그는 그런 것에 대해 결코 언급하지 않았고 만일 누군가가 그 앞에서 그런 자랑스러운 관계를 들먹일 때면 오히려 거북해했다. 플로랑스의 표현에 따르면 그는 사생활과 직업적인 일을 철저하게 분리하여 〈칸막이를 분명하게 하는〉 사람이었고 세계 보건 기구의 동료들을 한 번도 집에 초대하는 일이 없었고, 친척이나 친구라는 이유로 직업상의 질문을 하거나 사무실에서의 일을 집에서까지 방해하는 걸 용인하지 않았다. 게다가 아무도 그의 사무실 전화번호를 알지 못했고 아내조차 우체국의 〈교환원〉을 통해 그와 통화했다. 음성 사서함에 메시지를 남기면 그가 늘 차고 다니는 작은 기구에 삐삐 소리가 전달되고 그걸 받는 즉시 얼른 전화를 하곤 했다. 아내나 다른 누구도 그걸 이상하게 생각하지 않았다. 그건 곰 같은 성격인 장클로드의 일면이었는데 플로랑스는 스스럼없이 그걸 가지고 농담을 즐겨 했다. 「어느 날엔가 내 남편이 동구의 스파이였다는 걸 알게 될 거야.」

부모와 장인 장모를 포함한 가족은 그의 삶의 중심부를 구성하고 있었고 그 주변으로 라드미랄 부부, 코탱 부부 그리고 플로랑스와 마음이 통하는 몇몇 가족이 모여들었다. 모두들 그들처럼 30대였고 엇비슷한 직업과 수입, 같은 또래의 아이들을 두고 있었다. 격식 없이 서로 초대를 주고받았고, 주로 제네바에 때로는 리옹이나 로잔에 있는 식당과 극장을 함께 다니곤 했다. 라드미랄 가족은 로망네와 함께 보았던 영화 「그랑 블루」, 「산타할아버지는 쓰레기다」(이 영화는 곧이어 비디오까지 사들여 다시 봤기에 대사를 죄다 외울 정도였다. 그리고 〈그렇지, 그래……〉 하는 영화 속 주인공 티에리 레르미트의 말투를 흉내 내기도 했다), 장클로드가 세계 보건 기구를 통해 좌석을 얻어 낸 베자르의 발레 공연, 발리 르메르시에의 원맨쇼, 그리고 베르나르 마리 콜테스의 희곡 「목화밭의 고독 속에서」를 기억하고 있다. 뤼크는 진술서에서 그 작품에 대해 이렇게 말하고 있었다. 〈혹독한 실존에 기대어 숨을 줍고 있는 두 인물 간의 끝없는 대화로 이루어진 작품이었는데 함께 갔던 친구들 몇몇은 극의 내용을 전혀 이해하지 못했다.〉 장클로드는 그 작품을 높이 샀는데, 그런 사실은 그를 지식인으로 여기던 친구들에게 놀라운 일이 아니었다. 그는 책을 많이 읽었으며 철학이 가미된 에세이, 이를테면 자크 모노의 『우연과 필연』 같은, 위대한 학자들이 쓴 책을 선호했다. 그는 아내의 신앙을 존중하고 아이들이 종교 학교에 다니는 걸 좋게 생각했지만 자신은 합리주의자이며 불가지론자라고 했다. 아이들도 나중에 커서는 자유롭게 자기 선택을 하게 될 거라는 거였다. 그는 피에르 사제와 베르나르 쿠슈네르, 테레사 수녀 그리고 브리지트 바르도를 두루 존경했고, 예수가 만일 우리들 가운데 재림했다면 인류애를 가진 의사가 되기 위해서일 거라고 생각하는 대다수의 프랑스 사람들에 속했다. 쿠슈네르는 그의 친구였고, 바르도는 마리안의 흉상을 그에게 헌사했다. 동물 보호를 위한 바르도의 투쟁을 옹호하며 그 단체의 회원이 되었고, 〈동물 애호 협회〉, 〈그린피스〉, 〈국제 장애인 협회〉의 회원이기도 했다. 또한 벨가르드의 〈현실과 관점 클럽〉, 디본레뱅의 〈골프 클럽〉, 〈의사들의 자동차 클럽〉의 회원이었는데, 이 자동차 클럽 덕분에 차 앞의 유리창에 붙이는 의사 표시 스티커를 얻어 냈다. 조사를 통해 그가 이 기구들에 낸 기부금과 회비의 흔적이 밝혀졌다. 그는 그곳에서 발행한 연보, 배지, 스티커들을 아무 데나 굴러다니게 했다. 또한 〈전(前) 파리 병원 인턴 닥터 장클로드 로망〉으로 된 명함과 도장도 가지고 있었지만 직업별 전화번호부에는 전혀 등재되어 있지 않았다. 화재가 난 다음 날, 단 몇 통의 전화로 이 모든 허상은 허물어져 버렸다. 예심이 진행되는 동안 판사는 악의나 의심을 품지 않았더라도 왜 누구 한 사람 그런 전화를 좀 더 일찍 해보지 않았는지에 대해 끊임없이 놀라워했다. 왜냐하면, 아무리 〈단단히 벽을 치고 산다 해도〉 아내나 친구들이 회사로 전화 한 번 걸어 오는 일 없이 10년 동안이나 직장 생활을 해왔다는 건 있을 수 없는 일이기 때문이다. 그건 어떤 미스터리와 숨겨진 설명이 있지 않고서는 도저히 불가능한 이야기다. 하지만 정작 미스터리는 거기에 아무런 설명도 없다는 것이고, 정말로 믿기지 않는 이야기지만 실제로 일은 그런 식으로 진행되었다는 점이다.

매일 아침 아이들을 생뱅상 학교에 데려다 주는 일은 그가 맡아서 했다. 학교 운동장까지 차로 데려다 주면서 선생님이나 다른 아이 엄마들을 만나 몇 마디 이야기를 나누기도 했다. 아이 엄마들은 남편들에게 그토록 자상한 아빠야말로 모범적이라고 칭찬하곤 했다. 그런 다음 그는 제네바로 차를 몰았다. 국경 경비대까지는 2킬로미터의 거리였고, 스위스에서 일하는 수천 명의 젝스 주민들은 하루에 두 번씩 국경을 넘었다. 교외 열차에 익숙한 사람들처럼 그들도 규칙적인 시간대에 움직이기 때문에 서로 인사를 나누며, 별다른 절차 없이 통과 신호를 내려 주는 세관원들과도 인사를 건넨다. 대부분이 국제공무원들이라 일단 시내로 들어서면 중심부와 코르나뱅 역으로 향하는 오른쪽 길 대신, 식물원과 관청 건물들로 이어지는 왼쪽 길을 택한다. 그는 이 차량 물결에 휩쓸려 나무들이 우거진 조용한 대로를 천천히 달리다가 거의 언제나 세계 보건 기구 건물의 주차장에 차를 세운다. 서류 가방에 방문객 배지를 달고 건물에 들어서면 익숙하게 1층의 도서관에서부터 회의실과 간행물실까지 돌아다닌다. 그리고 그곳에서 무료로 배부되는 인쇄물을 모조리 싹쓸이해서 가져오곤 했다. 덕분에 그의 집과 자동차에는 세계 보건 기구의 도장이 찍히거나 이름이 붙어 있는 온갖 인쇄물들이 차고

넘쳤다. 그는 세계 보건 기구에서 제공하는 모든 서비스를 이용했다. 그곳의 우체국에서 편지를 보냈고 대부분의 현금 인출도 그곳 은행을 이용했으며 가족 여행도 그곳 여행사의 중개를 이용했다. 하지만 괜히 위층에 올라갔다가 관리들에게 들켜 여기서 뭐 하냐는 추궁을 받을 위험을 무릅쓰지는 않았다. 부모에게 준 건물 사진에 가위표로 표시된 그 사무실을 단 한 번이라도 찾아가 본 적이 있을까? 유리에 이마를 대고, 그 창문에서 바라다보이는 풍경을 본 적이 있을까? 〈자기〉 자리에 앉아 본 적은? 그랬다가 자기 자리로 되돌아온 의자 주인과 마주친 적은? 직통 전화로 전화를 걸어 본 일은? 그는 아니라고, 그런 생각조차 하지 않았다고 대답했다. 그의 장모는, 어느 일요일인가 온 가족이 스위스에 간 적이 있는데 아빠의 사무실을 보고 싶어 하던 아이들의 요구에 그가 얼버무리며 승낙했던 이야기를 기억했다. 그리하여 가족들은 주차장에 차를 주차시켰고 그는 손가락으로 창문을 가리켰다. 그게 이야기의 전부였다.

　초반에는 매일같이 세계 보건 기구에 나갔고 그다음부터는 좀 불규칙하게 나갔다. 그는 제네바로 가는 길 대신에 젝스와 디본 쪽 길을 택하거나 고속도로와 리옹이 합류하는 벨가르드 길을 택했다. 그는 신문 가게 앞에 멈춰 한 아름의 신문을 샀다. 일간지, 잡지, 과학 잡지. 그리고 그걸 읽기 위해 카페에 들어가거나 — 카페를 자주 바꾸었고 가능하면 집에서 꽤 떨어져 있는 카페를 찾으려고 애썼다 — 차 안에서 읽기도 했다. 가끔 도로 주변의 휴게소에 차를 주차시켜 놓고 몇 시간 동안 머물며 신문을 읽고, 뭔가를 끼적거리고 졸기도 했다. 점심으로 샌드위치를 먹고 다른 카페나 다른 고속도로 휴게소에서 계속해서 신문을 읽으며 오후 나절을 보냈다. 이런 프로그램이 지나치게 단조롭게 느껴질 때면 시내를 어슬렁거렸다. 부르강브레스, 벨가르드, 젝스, 낭튀아, 특히 자기가 좋아하는 서점들이 있는 리옹을 돌아다녔다. 자연과 너른 공간이 필요한 날들에는 쥐라로 갔다. 그는 구불구불한 길을 따라 포시유 협곡까지 이르곤 했는데, 그곳에는 〈르 그랑 테트라〉라는 숙소가 있었다. 플로랑스와 아이들은 일요일마다 그곳에 와서 스키를 타고 감자튀김 먹는 걸 좋아했다. 주중에는 아무도 없었다. 그는 음료를 한 잔 마시고 숲 속을 걷곤 했다. 능선 길에서는 젝스 지방과 레만 호, 그리고 날이 맑을 때면 알프스가 한눈에 드러났다. 앞에는 닥터 로망과 그의 동류들이 살고 있는 문명화된 평지가, 뒤로는 고독한 유년을 보냈던 어두운 숲과 협곡의 마을이 보였다. 디종에서 강의를 하는 걸로 되어 있는 목요일은 부모를 찾아가 보냈다. 부모는 그토록 중요한 인물이 되어 바쁘게 살고 있는 다 큰 아들을 이웃들에게 보여 줄 수 있다는 사실에 너무도 기뻐했다. 하지만 부모를 만나러 갈 때면 사람들을 피해 언제나 우회로를 타곤 했다. 시력이 떨어진 아버지는 마지막 무렵에는 거의 장님이 되다시피 해서 혼자서는 숲에 갈 수 없었다. 그는 아버지를 부축하여 숲에 데리고 갔고, 아버지가 들려주는 나무 이야기와 독일 포로 시절 이야기를 들었다. 집으로 돌아와서는 아버지와 함께 수첩들을 꺼내 읽었다. 기

상대의 통신원이었던 아버지는 다른 사람들이 일기를 쓰듯이 그날그날의 최고 기온과 최저 기온을 40년 전부터 하루도 빠짐없이 수첩에 적어 오고 있었다.

그리고 그가 했던 여행들이 있다. 전 세계에서 열리는 회의, 세미나, 학술 대회 등의 이유로. 떠나기 전에는 가야 할 곳의 여행 안내 책자를 샀고 플로랑스는 가방을 꾸려 주었다. 그리고 그는 제네바 쿠앵트랭에 주차시킬 예정으로 차를 몰고 떠났다. 대개는 공항 근처의 현대식 호텔 방에 머물면서 구두를 벗고 침대에 누워 3~4일간 텔레비전을 보거나, 창문 뒤로 보이는 비행기의 이착륙을 보며 지냈다. 돌아가서 주위섬겨야 할 이야기에 실수가 없도록 여행 책자를 연구하기도 했다. 매일 식구들에게 전화를 걸어 상파울루나 도쿄의 현지 시간과 날씨를 이야기해 주기도 했다. 자기가 없는 동안 집안에 별일은 없는지 물어보기도 했다. 그는 아내와 아이들 그리고 부모에게 보고 싶다는 말과 그들 생각을 한다는 말과 아이들에게는 뽀뽀해 주겠다는 말을 했다. 다른 사람에게는 전화하지 않았다. 하긴 누구에게 전화를 할 수 있겠는가? 그리고 며칠 뒤, 공항 상점에서 산 선물들과 함께 집으로 돌아갔다. 집에서는 환영 파티를 벌였다. 그는 시차 때문에 피곤해했다.

디본은 스위스 국경에서 가까운 작은 온천장으로 무엇보다 카지노로 유명한 곳이다. 예전에 나는 도박 세계에서 자신을 잃어버리게 된 이중의 삶을 사는 어떤 여자에 관한 소설을 쓰면서 그곳을 이야기한 적이 있다. 사실적인 자료 조사를 바탕으로 소설을 쓰려고 했지만 언급한 카지노를 모두 돌아다닐 수 없어서 디본을 레만 호 가장자리에 있다고 했었는데 사실은 거기서 10여 킬로나 떨어져 있었다. 호수라고 부를 만한 것이 여러 개 있긴 했지만 작은 연못 같은 것에 불과했고 연못 앞에는 장클로드가 자주 차를 대던 주차장이 있었다. 나 역시 거기에 차를 댔다. 그곳은 그가 살아 온 장소들을 되밟았던 내 첫 여행에 대한 기억 중에서 가장 선명하게 남아 있는 곳이다. 주차장에는 빈 차만 두 대 있을 뿐이었다. 그는 좀 허풍을 떨었다. 길잡이를 해주려고 그가 써주었던 편지를 다시 읽었고, 하천의 표면을 바라보고 잿빛 하늘을 날아가는 이름 모를 새들에게 눈길을 돌렸다. 새들도 나무들도 알아볼 재간이 없다는 것이 서글픈 생각이 들게끔 했다. 날씨는 추웠다. 나는 차를 덥히려고 시동을 다시 켰다. 송풍기 바람에 온몸이 마비되었다. 나는 매일 아침 아이들을 학교에 바래다주고 찾아들던 내 스튜디오를 떠올렸다. 그 스튜디오는 분명히 존재하고 있으며 누군가 그곳으로 날 찾아올 수도 있고 전화를 할 수도 있다. 거기서 나는 시나리오를 쓰고 고치고 했으며 그것들 대부분은 영화로 찍었다. 하지만 그러한 모든 날들이 증인 없이 지나간다는 걸 나는 안다. 천장을 바라보며 누워 보낸 시간들, 더는 존재하고 있지 않다는 두려움. 나는 그가 자신의 자동차 안에서 느꼈던 감정이 궁금했다. 기쁨? 그토록 당당하게 주변 사람들을 속인다는 생각에 대한 냉소적인 즐거움? 그건 아닐 거라고 확신했다.

괴로움? 그 모든 게 어떻게 끝날지, 진실이 어떤 식으로 밝혀질지, 그다음엔 어떤 일이 벌어질지를 상상했을까? 운전대에 머리를 처박고 울었을까? 아니면 아무것도 느끼지 않았을까? 마취 상태에서 잔류하고 있는 닥터 로망에 대해서는 진정 생각도 하지 않고 느끼지도 않은 채 그냥 혼자 운전하는 기계, 걷는 기계, 책 읽는 기계가 되어 버린 건가? 일반적으로 거짓말이란 어떤 진실을 덮어 버리는 데 쓰인다. 부끄럽지만 사실인 그 어떤 것을. 한데 그의 거짓말은 아무것도 덮고 있지 않았다. 가짜 의사 로망 밑에는 진실한 장클로드 로망이 없었다.

나는 그 당시 크게 흥행했던 어떤 영화가 생각났다. 경제적 위기를 감동적으로 다루어 전설적이 된 영화로, 아내와 자식들에게 진실을 고백할 용기가 없었던 어느 해직 관리 이야기였다. 남자는 곧 직업을 다시 얻을 거라고 생각했는데 어느덧 수당 지급까지 만료된 해직자가 되고 말았다. 매일 아침 그는 회사에 나가는 척하고 저녁이면 일을 마치고 퇴근하는 척했지만 실은 온종일 자기 동네를 피해 이리저리 돌아다니며 시간을 보냈다. 누구와도 이야기하지 않았으며 마주치는 얼굴마다 겁을 냈다. 혹시나 예전 직장 동료나 친구를 만나, 벌건 대낮에 벤치에 앉아 뭐 하는지 그들이 의아해할까 봐 두려웠던 것이다. 그러던 어느 날 그는 자신과 똑같은 처지의 사람들을 만나게 된다. 처참한 상황의 입담꾼들과 부랑자들이었다. 그들과 어울려 지내면서 그는 실직이라는 나락에 빠지기 전에 살았던 안온하고 무위한 세상보다 모질기는 하지만 좀 더 따스하고 생기 있는 세상을 발견하게 된다. 그러한 경험을 통해 그는 좀 더 성숙하고 인간적이 되며, 영화는 해피 엔딩으로 끝난다.

장클로드도 그 영화를 플로랑스와 함께 텔레비전으로 봤다고 했다. 플로랑스는 별다른 마음의 동요 없이 그저 영화가 괜찮다고 했다. 하지만 그는 자신의 이야기는 좋게 끝날 수 없을 거라는 걸 알았다. 한 번도 자기의 비밀을 털어놓지도, 그러려고 시도하지도 않았다. 아내에게도, 친한 친구에게도, 벤치에서 만난 낯선 사람에게도, 창녀에게도, 신부나 심리 치료사처럼 남의 이야기를 듣고 이해해 주는 일을 직업으로 삼은 착한 영혼들에게도, 자살 방지를 도와주는 긴급 상담소의 익명의 귀에게도……. 15년간 이중생활을 하면서 어떤 만남도 갖지 않았고, 누구와도 이야기를 나누지 않았으며, 도박이나 마약 혹은 밤의 세계 같은, 그가 조금은 덜 외롭게 느꼈을 그 어떤 동류 집단에도 섞여 들지 않았다. 또한 결코 한 번도 바깥에 나가 의사인 척하면서 누굴 속이려 들지도 않았다. 집안에 들어설 때면, 모두들 그가 다른 무대에서 다른 역할을 하다 돌아온 거라고 생각했다. 세계를 돌아다니고 장관들을 만나고 공식 만찬에 참석하는 그 중요한 일들은 그가 밖으로 나서면 다시 맡아야 할 역할이라고 생각했던 것이다. 하지만 실제로 그에게 다른 무대란 없었고, 다른 역할을 보여 줘야 할 다른 관중도 없었다. 밖으로 나서면 그는 완전히 헐벗은 상태였다. 부재 상태로, 빈 곳으로, 공백 상태로 되돌아가던 그의 상황은 어쩌다 일어나는 일이 아니라 매일같이 겪는 유일한 삶의 현장이었다. 그는 분기점 이전에도 다른 사람을 만난 적이 한 번도 없었던 것 같다.

공부를 끝마치기 전까지 그는 부모가 사준 작은 아파트와 자동차로 생활을 유지했다. 부모는 아들이 용돈을 벌기 위해 베이비시터나 과외를 하며 시간 낭비하는 걸 보느니 차라리 자신들이 나무 몇 단을 더 패야겠다고 생각했다. 진실의 종은 그가 의학 공부를 마치고 아내를 얻은 뒤 국립 보건 의학 연구소(INSERM)의 연구원으로 생활 전선에 뛰어들던 시기에 울렸어야 했다. 그는 여전히 부모의 은행 계좌에서 돈을 빼내어 쓰고 있었고, 그 계좌의 위임장을 소지하고 있었다. 그는 부모의 재산을 자기 것으로 여겼고 부모 역시 그러한 생각을 부추겼다. 돈도 잘 버는 아들이 자기들 통장에서 규칙적으로 돈을 빼가는 걸 이상하게 생각하지 않았던 것이다. 엑스로 이사하기 위해 리옹을 떠나면서 그는 살고 있던 아파트를 30만 프랑에 팔아 그 돈을 챙겼다. 세계 보건 기구에 들어간 뒤에는 국제공무원이라는 자신의 지위로 연 18% 이율의 굉장한 수익성이 있는 투자를 할 수 있으며 그걸로 상당한 이득을 가져다 줄 수 있다고 부모에게 말했다. 애국자인 데다 온갖 얕은 술수에 적대적이었던 로망 가문은 저축한 돈을 스위스 은행에 투자할 그런 부류의 사람들이 아니었다. 하지만 그런 생각이 자기 아들에게서 나왔다면 아무것도 비난할 게 없었다. 이 계좌 저 계좌에서 저축한 돈이 줄어드는 걸 보고도 부모는 걱정은커녕 아들이 그 바쁜 와중에도 자기들의 하찮은 퇴직금을 관리해 주는 데 대해 고마워했다. 이러한 신뢰는 클로드 삼촌에게도 번져 갔다. 자동차 정비소 외에도 형이 운영하는 삼림 회사의 지분을 가지고 있었던 클로드 삼촌 역시 돈을 건드리지만 않으면 열 배로 불려 주겠다는 조카에게 몇만 프랑의 돈을 맡겼다.

결혼 초기는 그런 돈들로 살아갔다. 플로랑스는 지방 약국에서 시간제 근무를 하며 벌어들인 정말로 얼마 안 되는 돈과 장클로드의 수입 0프랑을 소득으로 신고했다. 장클로드는 스위스에서 일을 하기 때문에 세금을 낼 필요가 없다는 것이다. 일단 아내가 서명을 하면 그는 부부 공동의 소득 신고에 직업을 학생이라고 덧붙여 쓰고 학생증 사본을 보냈다. 그들은 낡은 볼보를 몰고 다녔고 바캉스는 주로 부모 집에서 보냈으며 어쩌다가 스페인이나 이탈리아에서 열흘씩 보내기도 했다. 월세 2천 프랑의 방 두 개짜리 15평 아파트는 젊은 부부에게는 맞춤했지만, 아이가 하나 딸린 부부한테는 벌써 비좁았고 네 식구라면, 게다가 플로랑스의 엄마가 몇 주일씩 방문할 때면 전혀 적당하지 않았다. 그건 친구들에게 농담거리가 되었다. 친구들은 하나 둘씩 집을 사거나 짓고 하는데,

로망네만은 늦깎이 학생들처럼 접이식 침대를 들여놓고 캠핑하듯 살아가는 일을 고집하고 있었기 때문이다. 어느 날인가 뤼크가 한마디 던졌다.

「너 얼마 벌어? 한 달에 3만~4만 프랑이나 뭐 그 비슷하게 벌지?」(이 액수는 명백한 근거에서 나온 것이므로 장클로드는 인정한다는 뜻으로 고개를 끄덕였다.)「그러면 좀 더 괜찮게 살 수 있는 거 아냐? 계속 이러다가는 지독한 구두쇠 소리를 듣거나 어디 돈 많이 드는 애인 먹여 살리는 줄 알겠다!」모두들 웃었다. 플로랑스가 맨 먼저 웃음을 터뜨렸고 그는 어깨를 으쓱하며 중얼거리기를, 이 지방에 오래 살게 될지 잘 모르겠고 외국으로 발령을 받아 떠날 수도 있는데 두 번 연달아 이사하는 일은 너무 귀찮다고 했다. 또한 자신은 젝스 지방에 흘러 다니는 너무 흥청거리는 돈을 보면 마음이 쓰리다는 단언도 했다. 자기는 그러한 흐름을 뒤따르고 싶은 마음이 없으며 아이들을 그런 가치관 속에 기르고 싶지도 않다며 검소하게 살아가는 일을 명예로 여기겠다고 했다. 한편으로는 게을러 보이고 다른 한편으로는 도덕적으로 들리는 이 두 가지 설명은 서로 모순되지 않았다. 오히려 물질적인 것들로부터 초연한 학자의 이미지에 잘 어울렸다. 단지 플로랑스도 그와 같은 생각을 하고 있는지가 의문이었다. 사실 남편의 소박한 취향과 남편에 대한 신뢰에도 불구하고 그녀는 친구들의 지적이 합리적이라고 생각했고, 친구들이 재산을 늘려 가는 걸 보고 마음이 무거웠다. 상황을 회피하고 언제나 뒤로 미루기만 하던 그는 사실 그 문제를 생각할 시간이 없었다. 지금 쓰고 있는 돈을 관리하는 일만 해도 이미 힘겨웠던 것이다.

앙투안이 태어나던 해에 플로랑스의 아버지는 안시에서 다니던 안경 회사를 은퇴했다. 경제난으로 인한 정리 해고였지만 퇴직금은 40만 프랑을 받았다. 그 돈을 투자하라는 제안을 장클로드가 직접 했을 가능성은 희박하다. 아마 그가 플로랑스에게 이야기했고, 플로랑스는 어머니에게, 어머니는 남편에게 그 이야기를 했을 것이다. 결과적으로 장클로드는 투자 권유자가 아니라 투자를 의뢰받은 편안한 위치에 있게 되었다. 그는 장인을 도와주겠다고 했고, 장인의 돈 37만 8천 프랑을 베르그에 본점을 두고 있는 제네바 은행에 투자했다. 돈은 당연히 장클로드 이름의 계좌에 들어갔다. 그의 신분으로만 그 은행 예치가 가능했기 때문이었다. 장인 피에르 크롤레의 이름은 어떤 서류에도 나타나지 않았다. 그의 주된 고객인 크롤레 집안이나 로망 집안이나 자본을 맡겼다거나 이자가 붙었다는 걸 증명하는 은행 서류는 한 번도 본 일이 없었다. 하지만 장클로드 로망의 소개로 들어갔다는 사실만 아니라면 스위스 은행보다 더 믿을 만한 게 세상에 어디 있겠는가? 그들은 자기네 돈이 베르그 은행에서 조용히 이자를 불려 가고 있을 거라고 생각했고 추호도 그 작업을 중단시킬 마음이 없었다. 어쨌거나 장인이 메르세데스 자동차를 한 대 사고 싶으니 맡긴 돈 일부를 찾아 달라고 말했던 날까지는 그랬다. 장모는 세상에 아무것도 필요한 게 없는 사람이었고, 자식들은 이미 다 커서 떠나 버린 처지인데 장인이 그러한 즐거움을 자제해야 할 이유가 뭐 있겠는가?

그로부터 몇 주일 후인 1988년 10월 23일, 피에르 크롤레는 사위와 단둘이 있다가 계단에서 굴러 떨어졌고 의식을 되찾지 못한 채 병원에서 사망했다.

비극이 일어난 뒤, 크롤레 가족의 요구에 따라 피에르 크롤레 사건에 대한 보충 검사 명령이 떨어졌다. 물론 아무것도 새롭게 밝혀지지 않았다. 장클로드의 재판에서 차장 검사는 크롤레 가족이 계속 품고 살아갈 끔찍한 의혹을 묵과할 수 없다고 판단했다. 가족들이 그런 짐을 지고 살 필요는 분명히 없으니까. 아브드는 불필요한 서류를 끄집어내어 피고에게 부담을 주려는 검사 쪽의 고소를 비난하며 반박했다. 마지막에, 법정이 의결을 위해 물러서기 직전, 장클로드는 장인의 죽음에 자신이 아무 관련이 없다는 걸 하느님을 증인 삼아 크롤레 가족에게 꼭 말하고 싶어 했다. 그리고 하느님에 따르면, 고백하지 않은 죄들에는 용서가 없다는 말을 덧붙였다. 그가 나중에 무슨 고백을 한다면 모를까 그 일에 대해서 우리는 더 이상 아무것도 알 수 없으며 나 역시 아무런 가정도 할 수 없다. 단지, 처음 심문 과정에서 그가 판사에게 했던 대답만을 덧붙이고 싶다. 「내가 장인을 죽였다면 죽였다고 말했을 겁니다. 한 사람 더 죽였다고 해서 달라질 건 없을 테니까요.」

단순히 아니라고, 장인을 죽이지 않았다고 말함으로써 그는 무죄 추정의 혜택을 입는다. 하느님 앞에서 맹세함으로

써, 그는 믿거나 혹은 믿지 않는, 어떻게 느끼느냐에 따른 아주 민감한 문제를 도입한 것이다. 하지만 한 사람을 더 죽였다고 해서 달라질 건 아무것도 없으며, 만일 죽였더라면 고백했을 거라고 말하는 건, 끔찍하지만 비이성적인 범죄와 부도덕한 범죄 사이의 엄청난 차이를 모르거나 혹은 모른 척하는 것이다. 사형 제도는 더 이상 존재하지 않으니 형법상으로는 달라질 게 없다. 하지만 도덕적으로 볼 때, 그리고 그가 스스로에게 부여하게 될 중요한 이미지로 볼 때, 비극적 사건의 주인공이 되는 일, 즉 불확실한 숙명에 이끌려 공포와 연민을 불러일으키는 행위를 저지른 사람이 되는 것과 가족들 중에서 나이 많고 어리숙한 사람들을 사기 대상으로 신중하게 골라내고 처벌을 피하려고 장인을 계단에서 밀어 버린 파렴치한 사기꾼이 되는 것은 절대로 같은 문제가 아니다. 그런데 설령 이 범죄가 증명되지 않더라도 남게 되는 사실이 있다. 로망은 〈역시〉 파렴치한 사기꾼이며, 비열하고 창피한 그 범죄를 고백하는 일은 엄청난 비극의 위상을 그에게 가져다준 여러 범죄들을 고백하는 것보다 훨씬 어려운 것이라는 사실 말이다. 어떻게 보면, 완전히 성공하지는 못했지만 후자가 전자를 감추는 데 이용되고는 있었다.

또 다른 당혹스러운 이야기가 거의 같은 시기에 자리를 잡고 있다. 피에르 크롤레의 여동생, 즉 플로랑스의 고모에게는 불치의 암으로 고생하는 남편이 있었다. 그 여자가 재판에서 증인을 선 것이다. 그녀가 털어놓은 일의 전말에 따르면, 장클로드가 세계 보건 기구에서 자기 상사와 함께 어떤 치료제를 검토하고 있다는 이야기를 했다는 것이다. 그 치료제는 낙태 시술을 하는 병원에서 얻어 낸 태아의 신선한 세포 조직을 바탕으로 만든 것으로 암의 진행을 저지하고 전복시킬 수 있건만 불행하게도 아직 상품화되지 않고 있었다. 결과적으로 플로랑스의 고모부는 병을 치료받기 전에 죽을 가능성이 컸다. 이렇듯 속속들이 정보를 알게 된 고모에게 그는 아마도 한두 개 정도의 약을 구할 수 있을 거라고, 하지만 연구 단계이기 때문에 약값이 아주 비쌀 거라는 설명을 했을 것이다. 캡슐 하나에 1만 5천 프랑인데 치료를 시작하려면 두 알이 필요했다. 그럼에도 불구하고 고모는 약을 사기로 작정했다. 몇 달이 지나 고모부가 중대한 외과 수술을 받은 후에는 앞서의 양보다 두 배의 약이 필요하게 되어 6만 프랑의 약값이 현금으로 들어갔다. 처음에 환자는 결과도 확실치 않은 약값을 대느라 조만간 과부가 될 아내의 생활비로 저축해 놓았던 돈을 헐어 쓴다는 걸 거절했지만 곧이어 아내의 뜻에 따랐다. 그리고 그 이듬해 그는 죽고 말았다.

이 재판에서 정말 보기 드물게, 아직 살아 있고 몸소 재판정에 설 수 있으며 피고의 주장을 반박할 수 있는 사람에게서 나온 이 명백한 증언을 마주한 로망은 불안감이 증폭하는 가운데 이렇게 대답했다. 1) 기적적인 치료법에 대한 생각은 자신에게서 나온 게 아니라 그 이야기를 들었던 플로랑스로부터 나온 거다(그녀는 어디서, 누구에게서 그 이야기를 들었을까). 2) 이 약을 기적적인 치료제가 아니라 심리적 진정제로 소개했으며, 만일 좋은 효과를 내지 못하더라도 해를 끼치지는 않을 약이라고 했다(그렇다면 약값이 왜 그렇게 비쌌는가). 3) 자신은 결코 그 약의 제조에 관련되어 있다고 한 적이 없으며 세계 보건 기구의 상사의 권위를 들먹인 적도 없고 게다가 플로랑스 못지않게 정보를 가지고 있는 여자라면 높은 지위의 과학자가 암에 관해 진행 중인 연구를 부랴부랴 상품화한다는 이야기 따위는 단 1초도 믿지 않았을 거다(정보가 많은 이 여인은 그보다 덜 신빙성 있는 이야기들도 믿었다). 4) 자신은 코르나뱅 역에서 우연히 만난 어떤 연구원의 중개자 노릇을 했을 뿐이며 그자에게 약을 건네받고 돈을 전해 주었다. 그 연구원에 대한 자세한 신상을 질문하자 그의 이름을 기억하지 못한다며 당시 자신의 수첩에 적어 놓았을 텐데 불행하게도 화재로 불타 버렸다는 것이다. 명백한 사실 앞에서 그는 프로이트가 좋아하던 이야기에 나오는 냄비 빌려 간 남자처럼 변명을 한 셈이다. 냄비 빌려 준 사람이 값비싼 냄비가 구멍 나 돌아온 걸 보고 비난하자, 처음에는 자기가 그걸 돌려줬을 땐 아직 구멍이 나지 않았다고 하고 그다음에는 빌려 갈 때 벌써 구멍이 나 있다고 하더니 마침내는 누구에게도 냄비를 빌린 적이 없다고 우겨 대던 그 사람처럼 말이다.

확실한 건, 장인의 죽음이 그에게는 천우신조였다는 사실이다. 우선 스위스에 예치된 돈을 건드릴 필요가 더는 없어졌다. 그리고 혼자 살기에는 너무 크다며 장모가 집을 팔아

버린 뒤 130만 프랑에 달하는 집값을 그에게 맡긴 것이다. 사고가 일어나고 몇 달이 지나자 그는 처가의 든든한 지주가 되었고 이제 모두들 그를 가장으로 여겼다. 그의 나이 고작 서른넷이었지만 조용하고 사려 깊은 성숙함으로, 이제 아이가 아니라 아버지가 되기 시작하는 그 시기에, 단지 자기 애들의 아버지만이 아니라 다시금 천천히 유년으로 빠져 드는 늙은 부모의 아버지 역할 또한 준비했던 것이다. 지금까지는 자기 식구들에게만 했던 그 역할을 이제는 장인의 죽음으로 시름에 빠진 장모를 위해서도 하게 되었다. 플로랑스 역시 상심이 컸다. 그는 아내를 달래 줄 마음으로 작은 아파트를 떠나 이사를 하기로 결심했다. 페르네에서 아주 가까운 프레브생에 농가를 개축한 집 하나를 세냈는데, 그 집은 그들의 사회적 지위에도 걸맞았다. 플로랑스는 새집 단장할 마음에 즐거웠을 것이다.

  모든 일이 급속히 진행되었다. 그리고 그는 사랑에 빠졌다.

레미 우르탱은 정신 분석의였고 그의 아내 코린은 아동 심리 상담가였다. 그들은 제네바에 공동 클리닉을 열고 페르네에 아파트를 얻어 살았다. 그들의 아파트 바로 아래층이 라드미랄의 집이었고, 라드미랄은 그들을 자기 친구들 모임에 소개했다. 처음에 그들 부부는 재미있고 활기가 넘치지만 좀 허풍쟁이로 보였다. 예쁘기는 한데 자신감이 없어서인지 아무튼 누군가를 유혹하려고 안달이 난 코린은 근사하거나 촌스러운 것에 대해, 여성 잡지들이 부추기는 그대로 순박한 경탄과 가혹한 경멸을 드러내 보이곤 했다. 레미는 유명한 식당, 식후에 즐기는 값비싼 술과 시가, 외설스러운 말들, 사치스러운 생활 따위를 즐겼다. 라드미랄 부부는 예전에도 그랬고 지금도 이 유쾌한 부부에 대해 너그러운 우정을 가지고 있었는데, 그것은 제 할 일을 착실히 하고 열심히 즐기며 사는 사람들에게 내보이는 점잖은 사람들의 우정이었다. 로망은 내심 레미의 궤변과 여자들 앞에서의 인기 그리고 인생에 대해 별 근심 없는 태도 따위를 부러워했거나 아마도 증오했을 것이다.

우르탱 부부에게 문제가 있으며, 남편과 아내가 제각각 젝스 지방에서는 별로 호의적이지 않은 자유를 누리며 살고 있다는 사실은 금세 알려졌다. 레미는 충격적인 방탕의 냄새를 그들 주변에 흩뿌리곤 했다. 미남에다 코린의 매력에 무감하지 않았던 뤼크는 다행히 부부 관계를 제때에 회복할 수 있었지만, 다른 사람들이라면 좀 더 멀리까지 진전시켰을 이 실패한 외도는 코린에게 남자를 잡아먹는 여자, 남편들을 가로채는 여자라는 평판을 가져다주었다. 그녀가 레미와 결별하고 두 딸을 데리고 파리에 정착했을 때, 모임의 친구들은 버려진 남편 편을 들었다. 로망의 아내인 플로랑스만은 레미 역시 그의 아내 못지않게 실컷 바람을 피웠을 거라는 것, 만일 그들에게 잘못이 있다면 그건 그들 부부의 문제라는 것, 그리고 플로랑스 자신은 그로 인해 개인적인 괴로움을 겪은 일이 전혀 없으므로 부부 중 어느 누구도 단죄하고 싶지 않으며 두 사람 모두에게 우정을 간직하고 있다는 점을 분명히 했다. 플로랑스는 코린에게 자주 전화를 했고, 언젠가 장클로드와 둘이 파리에 올라가 며칠 묵었을 때 코린과 함께 저녁을 먹기도 했다. 로망 부부는 오퇴유 교회 근처에 있는 코린의 아파트를 방문했고, 자기네들이 이사 가게 될 집의 사진을 코린에게 보여 주기도 했다. 코린은 그들 부부의 이런 친절과 변함 없는 우정에 감동했다. 하지만 동시에 이 훤칠하고 스포티한 여자와 그의 곰 인형 같은 남편은 코린의 인생에서 이미 지나간 페이지에 속해 있었다. 그녀는 시골에서의 생활, 사람들의 험담과 시시콜콜한 안락에 이미 종지부를 찍었고, 이제는 두 아이와 파리에서 살아가기 위해 투쟁하고 있었다. 때문에 그녀들 사이에는 더 이상 할 만한 이야기가 없었다.

그로부터 3주일 후, 장클로드로부터 카드와 함께 부담스러운 꽃다발 한 묶음을 전달받았을 때 코린은 굉장히 놀랐다. 카드에는, 지금 회의 때문에 파리에 머물고 있는데 그날 저녁 만날 수 있으면 굉장히 기쁘겠다는 내용이 적혀 있었다. 그는 루아얄 몽소 호텔에 묵고 있었는데, 이 또한 코린을 좋은 의미에서 놀라게 했다. 장클로드가 별 네 개짜리 호텔에 묵을 거라고는 생각지도 않았기 때문이었으리라. 그는 계속해서 그녀를 놀라게 했다. 우선 평범한 술집이 아닌 고급 레스토랑에 그녀를 데려갔으며, 자기 자신에 대해 그리고 자기의 경력과 연구에 대한 이야기를 늘어놓았던 것이다. 그녀는 로망을 아주 신중한 사람으로 알고 있었고 — 그건 전 남편 레미의 익살스러운 성격만큼이나 널리 알려진 로망의 특성이기도 했다 — 그에게서 진지한 과학자의 모습만을 보았고 젝스에 널려 있던 수많은 사람들처럼 좀 무미건조하다고 여겼기에 그런 조심스러운 사람을 흔들어 볼 생각은 결코 하지 않았었다. 그런데 갑자기 그녀는 전혀 다른 남자를 발견했던 것이다. 국제적인 명성과 역량을 가진 연구자, 베르나르 쿠슈네르와 격의 없이 이야기를 나누며 조만간 국립 보건 의학 연구소의 운영을 맡게 될 그런 대단한 남자를 말이다.

이 이야기는 우연찮게 한마디 던지는 척하며 나왔는데, 그러면서도 로망은 그 직책이 자신에게 부과할 부가적인 일의 무게 때문에 망설이고 있다는 점까지 자세히 떠벌렸다. 이 새로운 현실과 그때까지 그에 대해 가지고 있던 광채 없는 이미지 사이의 대조로 인해 그녀는 더더욱 감동을 받았다. 가장 뛰어난 남자들이 가장 겸손하며 남들의 평판에 대해 가장 무심하다는 건 잘 알려진 사실이다. 전남편처럼 매력적인 향락주의자만을 경험해 왔던 코린으로서는 신문의 문화면에서나 볼 수 있는, 그래서 이제까지 그저 멀리서만 감탄해 오던, 엄격한 학자나 고통스러운 창조자 부류에 속하는 그런 훌륭한 남자를 만나게 된 게 생전처음이었다.

그는 다시 코린을 찾아왔고, 또다시 저녁 식사에 초대했고, 다시금 자신의 연구며 국제회의에 대해 이야기해 줬다. 하지만 이번에는 그녀와 헤어지기 전에 뭔가 좀 미묘한 할 말이 있노라고 했다. 그녀를 사랑한다는 거였다.

남자들의 욕망에 익숙하던 코린은 로망이 자기를 정부로 만들겠다는 꼼수 없이 그저 친구로 선택했다는 사실에 우쭐했었다. 그건 말하자면 그가 진정으로 그녀에게 관심이 있다는 뜻이기 때문이었다. 그런데 그러한 자기의 생각이 틀렸다는 걸 알게 된 코린은 처음엔 황당했고(수많은 경험이 있었음에도 그 남자가 다가오는 걸 몰랐기 때문에), 그다음엔 실망했으며(그 역시 다른 남자들과 똑같다는 사실에) 나중엔 좀 역겨웠지만(외모상으로 그는 전혀 매력적이지 않았기에) 결국엔 그러한 욕망의 고백에 뭔가 애원하는 구석이 있다는 데 마음이 움직였다. 그를 부드럽게 밀어내는 일이 그녀로서는 하등 어려울 게 없었다.

다음 날 로망은 자신의 무례한 고백에 대하여 사과 전화를 했고, 그녀가 직장에서 돌아오기 전에 작은 다이아몬드로 둘러싸인 에메랄드가 박힌 금반지(빅토로프 보석상에서 1만 9천2백 프랑 하는)를 그녀의 집에 맡겨 놓았다. 그녀는 그에게 전화를 걸어 미쳤다고, 그런 선물은 절대 받지 않겠다고 했다. 그는 집요했다. 그녀는 반지를 간직했다.

그해 봄, 그는 일주일에 한 번씩 파리에 오곤 했다. 제네바에서 출발하여 12시 15분에 도착하는 비행기를 타고 루아얄 몽소 호텔이나 콩코르드 라 파예트 호텔에 여장을 풀었고 그날 저녁으로 고급 레스토랑에 코린을 초대했다. 아내에게는 파스퇴르 연구소에서 진행 중인 중요한 실험 때문이라고 설명했다. 이 변명을 코린에게도 사용했다. 두 사람을 속이면서 같은 내용의 거짓말을 한 셈이다.

매주 이어지는 코린과의 저녁 식사는 로망의 삶에서 중요한 일이 되었다. 그건 마치 사막에서 솟구치는 샘물처럼 예상치도 못했던 기적적인 일이었다. 그는 이제 오로지 그 일만을, 그녀에게 할 말들과 그녀의 대답들만을 생각했다. 그토록 오랫동안 그의 머릿속을 맴돌던 문장들을 마침내 누군가에게 털어놓게 된 것이다. 전에는 집을 떠나 자동차 운전대를 잡으면, 집으로 돌아올 때까지 길고 긴 해변에 누워 아무에게도 말하지 않고 누굴 위해서도 존재하지 않을 텅 빈 죽은 시간을 보내야 한다고 생각했다. 그런데 이제는 그 시간이 코린을 다시 만나는 순간의 앞뒤로 줄어들어 버렸다. 시간은 그를 그녀로부터 멀어지게도 했고 가까워지게도 했다. 그는 살아 있었고 기다림과 초조함과 희망으로 가득했다. 호텔에 도착하면 이제 곧 그녀에게 전화하여 그날 저녁 약속을 하고 꽃을 보내리란 걸 알고 있었다. 루아얄 몽소 호텔 방의 호사스러운 거울 앞에서 면도를 하면서 그녀가 보게 될 자신의 얼굴을 바라보았다.

그가 코린을 처음 알게 된 건 다른 사람들과 함께하는 세계에서였지만 갑작스러운 대담함으로 그녀를 초대하고 서로 얼굴을 맞대는 습관을 들임으로써 그녀를 다른 세계로 들어서게 했다. 그곳에서 그는 언제나 혼자였는데 처음으로 더 이상 혼자가 아니었고 처음으로 누군가의 시선 아래 존재하게 되었다. 하지만 그런 사실을 알고 있는 건 여전히 그 혼자였다. 그는 스스로를 『미녀와 야수』에 나오는 괴물처럼 만들어 갔다. 미녀가 이제까지 자기 말고는 아무도 들어가 보지 않았던 성에서 괴물과 단둘이 저녁을 먹고 있다는 사실을 의심하지 않도록 정교한 노력을 곁들이면서 말이다. 그녀는 정상적인 세계에 사는 정상적인 사람을 마주하고 있다고 믿었고, 그 또한 그런 세계에 놀랍도록 잘 흡수되고 있는 듯이 보였기에 그녀가 제아무리 심리 전문가라 해도 그가 그 세계에서 그토록 뿌리 깊고 은밀하게 낯선 사람일 수 있다는 사실은 도저히 상상할 수 없었다.

그녀에게 진실을 말할 뻔했던가? 그녀로부터 멀어지면 그는 다음에 만날 때, 혹은 다음번 저녁 식사 때 마침내 고백의 말들을 털어놓으리라는 희망을 어루만지곤 했다. 그리고 그 일은 잘 진행될 것 같았다. 이를테면 일련의 내밀한 고백이 이어지고, 그들 사이의 모종의 신비로운 일체감이 그 말들을 표현하기 쉽게 만들 것만 같았다. 몇 시간이고 그는 고백의 도입부를 되뇌곤 했다. 그 이상한 이야기를 마치 다른 누군가에게 일어난 일처럼 이야기할 수도 있으리라. 심적 고통에 시달리는 복잡한 인물, 심리 치료의 한 케이스, 혹은 소설의 주인공처럼 말이다. 말을 이어 갈수록 그의 목소리는 점점 묵직해질 것이다(실제로는 자기 목소리가 점점 더 날카로워질까 두려웠다). 목소리는 코린을 어루만지고 자기의 감정으로 그녀를 감쌀 것이다. 이제껏 스스로를 절제하고 모든 상황을 강력하게 지배하던 거짓말쟁이가 연약한 인간이 되어야 한다. 두꺼운 가면이 결점을 드러내는 거다. 한 여자를 만나, 그녀를 사랑하게 되었기 때문이다. 차마 진실을 고백할 엄두는 내지 못했다. 그녀를 실망시키느니 차라리 죽고 싶었고, 그렇다고 그녀에게 계속해서 거짓말을 하느니 역시나 죽고 싶었다. 코린은 강렬하게 그를 바라보고 있다. 그녀는 그의 손을 잡았다. 그들의 뺨에 눈물이 주르르 흘렀다. 그들은 조용히 방으로 올라갔고, 알몸이 되었고, 둘이 함께 울면서 사랑을 나누었다. 함께 흘린 그 눈물은 구원의 맛을 가져다주었다. 이제 그는 죽을 수 있었고, 그런 건 하나도 중요하지 않았으며, 중요한 일이란 이제 아무것도 없었다. 그는 용서받았고 구원받았다.

이러한 백일몽들이 그의 고독한 머릿속을 가득 채웠다. 낮이면 차 안에서, 밤에는 잠든 플로랑스 곁에서 자기를 이해하고 용서하고 위로해 주는 코린을 만들어 냈다. 하지만 코린 앞에서는 사태가 이런 식으로 돌아가지 않으리라는 걸 잘 알고 있었다. 그녀를 감동시키고 동요시키기 위해서는 그의 이야기가 달라야 하며, 그로부터 3년 후에 수사관들이 상상하게 될 이야기를 닮아야 했을 것이다. 가짜 의사이긴 하지만 진짜 스파이, 진짜 무기 밀매자, 진짜 테러리스트라면 아마도 그녀를 유혹할 수 있었을 거다. 하지만 가짜 의사에 불과하고 두려움과 타성에 빠진 남자, 암에 걸린 힘없는 은퇴 노인들을 상대로 사기나 치는 자에게는 어떤 기회도 없었고 그건 코린의 잘못이 아니었다. 그녀가 피상적이며 편견으로 가득 차 있는 여자이긴 하지만 설사 그렇지 않았다 해도 달라질 것은 아무것도 없었을 거다. 어떤 여자도 그런 야수를 받아들일 수 없을 것이며 그는 절대로 매력적인 왕자로 탈바꿈할 수 없을 것이다. 어떤 여자도 진실한 그의 모습을 사랑할 수 없었다. 세상에 이보다 더 고백하기 힘든 진실이 존재할까, 다른 사람들도 이 정도로 스스로에 대해 부끄러워할 수 있을까를 자문해 보았다. 기껏해야 몇몇 성적 도착자들, 감옥에서 강간범이라고 불려지는 자들, 다른 범죄자들조차 경멸하고 학대하는 그런 사람들 정도일 것이다.

그가 일도 많고 출장도 잦았기 때문에 프레브생의 이사는 플로랑스 혼자 전담했다. 그녀는 자기 성격처럼 부드러우면서도 사치스럽지 않은 스타일의 가구들로 집 안을 장식했다. 흰 목재 선반, 등나무 안락의자, 밝은 빛깔의 쿠션들 그리고 정원에는 아이들을 위한 그네를 매달았다. 그전까지 인색하기만 했던 그는 아내의 설명을 잘 듣지 않은 채 수표에 사인만 했다. 그리고 자기 몫으로 지프차 레인지 로버를 사들였다. 플로랑스는 그 모든 돈이 친정에서 나온 거라는 사실, 그가 파리에서는 돈을 더 헤프게 쓰고 있다는 사실 따위는 상상조차 하지 못했다. 어떻게 그녀가 모르고 있었을까에 대해 재판 과정에서 모두들 굉장히 놀랐지만, 당시에 부부 공동 계좌를 가지고 있었으면서도 그녀는 은행 거래 내역서를 전혀 들여다보지 않았던 것 같다.

라드미랄 부부 역시 그로부터 몇 킬로 떨어진 시골 한복판에 집을 지었다. 그들은 반쯤은 옛날 집에서 반은 새집에서 사는 식으로 한창 공사 중인 상태에서 살았다. 아직 임신 중인 세실은 누워 있어야 했다. 뤼크는 그해 여름 초반에 있었던, 장클로드의 예기치 않은 방문을 기억해 냈다. 인부들이 테라스의 벽돌 바닥을 깔아 주고 떠난 직후였다. 그들은 공사 쓰레기가 널려 있는 정원에서 함께 맥주를 마셨다. 뤼크는 건축업자와의 문제로 고민 중이었기에 작업의 부진, 예산 초과, 바비큐의 위치 설정 등을 이야기하면서 공사장을 둘러보았다. 그런 이야기들에 장클로드가 지루해하는 기색이 역력했다. 뤼크는 자기 집 이야기만 하지 않으려고 장클로드 집의 개조 상황을 물었지만, 장클로드는 별로 흥미로워하지 않았고, 얼마 전 플로랑스와 아이들과 일주일간 제네바에서 보냈다는 바캉스 이야기에도 관심 없어 했다. 질문에 대해서는 빗나간 대답만 했고, 무한히 매혹적인 내면의 몽상을 쫓고 있는 듯 아득하고 도피적인 태도로 미소만 지을 따름이었다. 문득 뤼크는 그의 몸이 야위고 젊어졌다는 것과 늘 입던 줄무늬 코르덴 바지와 트위드 재킷 대신에 잘 빠진 양복 정장, 그것도 분명 비싸 보이는 정장을 입었다는 사실을 깨달았다. 뤼크는, 아내 세실이라면 한눈에 눈치 챘을 무언가를 어렴풋이 의심했다. 그런 의심을 확인이라도 시켜 주듯 장클로드는 곧이어 파리에 자리를 잡게 될지도 모른다는 말을 흘렸다. 물론 직장 때문이었다. 뤼크는 장클로드에게 프레브생에 자리 잡은 게 얼마 전이라는 사실을 일깨워 주었다. 장클로드는, 물론이지, 물론이고말고, 그렇지만 파리에 임시 거처를 마련하고 주말에 집에 오면 되지 않겠느냐고 했다. 뤼크는 어깨를 으쓱하며 말했다. 「자네가 어리석은 짓을 하고 있지 않기를 바라네.」

그다음 주 어느 날 밤늦은 시간에, 장클로드가 제네바 공항에서 전화를 했다. 호흡 곤란을 일으킨 목소리였다. 많이 아프다고, 기관지 경색이 아닐까 걱정된다면서도 병원에는 가지 않으려 했다. 운전은 할 수 있다며 뤼크의 집까지 차를 몰고 오겠다고 했다. 30분 후, 창백하고 몹시 불안한 얼굴에 가쁜 호흡을 헉헉대며, 다른 사람들을 깨우지 않으려고 반쯤 열어 둔 문을 밀고 그가 들어섰다. 뤼크는 그를 진찰했고 단지 호흡 곤란증이라는 진단을 내렸다. 그들은 늘 그래 왔던 오래된 친구들처럼 은은하게 불을 밝힌 거실에 마주 앉았다.

밤은 고요했고 세실과 아이들은 위층에서 자고 있었다. 뤼크가 말했다. 「그래, 무슨 일이야?」

나중에 말하듯이, 그날 밤 장클로드는 모든 진실을 털어놓을 상황이었는데, 뤼크의 첫 번째 반응이 장클로드를 뒤로 물러서게 만들어 버렸다. 이미 애인 이야기가 뤼크를 돌게 만들었다. 그것이 코린이라는 사실에 뤼크는 분개했다. 뤼크는 코린에 대해 한 번도 좋은 견해를 가진 적이 없던 터였는데, 방금 들은 친구의 고백은 그러한 불신을 공고히 했다. 아니, 장클로드, 장클로드! 플로랑스를 속이다니! 그건 엄청난 실수야! 친구한테는 좀 안된 이야기지만, 뤼크가 보기에 두 사람 관계에서 각자가 맡은 역할이 너무 뻔해 보였다. 즉 장클로드는 사랑에는 전혀 경험이 없는 순진한 남자였고, 코린은 순전히 악의를 가진 사이렌 요정으로 자신의 힘을 입증하고, 또 자기가 부러워하는 가정을 파괴하기 위해 자기 친구를 그물에 걸려들게 했다고 생각한 것이다. 바로 이런 게, 스무 살 때 이런저런 말썽을 부리지 않으면 마흔 나이에 청춘의 위기가 되찾아 오는 경우다. 장클로드는 항변하려 했고, 부끄러워하지 않는 듯했으며, 오히려 사랑의 모험을 자랑스러워하며 친구 앞에서 매력적인 의사 로망의 역할, 루아얄 몽소 호텔의 거울에 어른거리던 제 모습을 되살려 내려고 애썼다. 헛일이었다. 결국 뤼크는 관계를 되도록 빨리 끊을 것을, 일단 관계가 정리되면 플로랑스에게 모든 걸 말할 것을 약속하라고 했다. 침묵이란 부부 사이에 최악의 적이니까 말이다. 위기란 함께 잘 넘기기만 하면 더없이 좋은 원군이 될 수 있다. 만일 장클로드가 그 일을 하지 않거나 주춤거린다면, 두 사람의 행복을 위해 뤼크가 나서서 플로랑스에게 이야기할 것이다.

그러나 뤼크는 친구의 잘못을 고발하며 헌신을 내보일 필요도 없었다. 8월 중순, 장클로드와 코린은 로마에서 3일간을 함께 보냈다. 코린에게는 지독한 악몽이었던 그 여행은 장클로드의 강요로 이루어졌다. 이 여행에 대해 두 사람 다 뭔가 생략한 부분이 있긴 했지만, 한 가지 사실만은 둘이 일치했다. 마지막 날 코린이 그가 너무 슬픈 사람이라서 사랑하지 않는다는 이야기를 했다는 것이다. 두 사람 다 〈너무 슬픈〉이라는 표현을 했다. 그는 15년 전 플로랑스에게 그랬던 것처럼 울면서 애원했고, 그녀는 플로랑스처럼 다정했다. 그들은 영원한 친구로 남기로 약속하고 헤어졌다.

장클로드는 클레르보에서 바캉스를 보내며 가족을 되찾았다. 어느 날 아침 일찍 그는 차를 타고 생모리스 숲으로 떠났다. 예전에 그 숲을 관리하던 아버지가 치명적인 추락이 가능한 깊은 구렁을 보여 준 일이 있었다. 그는 그곳에 몸을 던지고 싶었으며, 그곳에 몸을 던졌는데 나뭇가지에 걸려 얼굴이 긁히고 옷이 찢어졌다고 했다. 죽는 데 성공하지는 못했지만 어떻게 거기서 살아 나올 수 있었는지는 자신도 전혀 모르고 있다. 그는 리옹까지 계속 달려 호텔 방을 잡고 플로랑스에게 전화를 걸어 좀 전에 제네바와 로잔 사이의 고속도로에서 사고를 당했다고 했다. 세계 보건 기구 공무 수행차인 메르세데스에서 튕겨 나갔으며 차는 완전히 박살이 났다고 했다. 헬리콥터가 그를 로잔의 병원으로 이송했고, 거기서 전화를 하는 거라고 했다. 기겁한 플로랑스가 당장 달려가려 하자, 이번에는 그가 놀라서 사건을 축소하기 시작했다. 그는 그날 저녁 자기 차를 직접 운전하여 집으로 돌아왔다. 나뭇가지에 긁힌 찰과상은 교통사고로 보기에 꽤 무리가 있었지만 플로랑스는 너무나 정신이 없어서 주의를 기울이지 않았다. 그는 울면서 침대에 모로 쓰러졌다. 그녀는 남편을 품에 안아 위로하며 무슨 일이냐고 부드럽게 물었고, 그런 아내의 모습에 그는 고통스러웠다. 그녀는 얼마 전부터 남편에게 뭔가 안 좋은 일이 있다는 느낌을 받았었다. 그는 울음을 그치지 않은 채, 끔찍한 충격을 받아 자동차를 제어할 힘을 잃었다고 설명했다. 세계 보건 기구에 있는 상사가 몇 년 전부터 암으로 고생하고 있었는데 얼마 전에 죽었다는 것이다. 지난여름 종양이 확산되었고 모든 희망이 사라졌다는 사실은 이미 알고 있었지만 그래도 죽은 걸 보니……. 그는 밤새도록 흐느꼈고, 플로랑스는 상당한 감동을 받기도 했지만 이야기 한 번 들어 본 적도 없는 상사에게 남편이 그토록 애착을 가지고 있다는 사실에 몹시 놀랐다.

그 역시 그걸로는 뭔가 설명이 부족하다는 생각을 했을 것이다. 그리하여 초가을이 되자 15년간 잠자고 있던 림프 암을 아주 희귀한 림프 암 중 하나인 호지킨 병으로 되살려 냈다. 애인 이야기보다는 그게 더 이해를 받을 거라는 심사로 장클로드는 뤼크에게 비밀을 털어놓았다. 안락의자에 파묻혀 퉁퉁 부은 음울한 얼굴로 병의 선고를 이야기하는 친구를 보며 뤼크는 며칠 전 공사장으로 찾아왔던 활기찬 모습의 장클로드를 떠올렸다. 그날과 똑같은 양복을 입고 있었지만 이제는 색이 바랬고 옷깃에는 비듬이 덮여 있었다. 그를 황폐하게 만들었던 정열이 이제는 그의 세포 조직을 점거해 버리고 있었다. 코린과의 관계를 끊을 것을 단호하게 충고했던 일에 대해 죄책감까지는 아니지만 친구의 영혼에 대해 깊은 연민을 느꼈고, 자기 친구가 몸 못지않게 마음이 아플 거라는 짐작을 했다. 하지만 언제나 긍정적인 뤼크는 이러한 시련이 친구를 플로랑스에게 되돌아가게 해서 그들 부부 사이가 좀 더 깊어지는 계기가 될 거라고 생각했다. 「물론 아내와도 그 얘길 많이 하겠지……」 그러자 놀랍게도 장클로드는 아니라고, 많이 하지 않는다고 했다. 플로랑스에게는 될수록 심각하지 않게 상황을 알려 주었고, 집안 분위기를 너무 가라앉지 않게 하려고 아무 일 없는 듯이 지내기로 합의했다는 것이다. 플로랑스는 남편이 슈와르젠베르 교수의 치료를 받고 있는(이 사실 또한 뤼크를 놀라게 했다. 물론 슈와르젠베르가 평생 환자를 돌봐 오고 있었다고는 해도, 그토록 저명해진 학자가 아직도 환자를 받고 있으리라고는 생각지 않았기 때문이다) 파리에 동행하고 싶어 했지만 그가 거절했다고 했다. 그것은 그의 암이었고, 그는 아무에게도 방해받지 않으면서 혼자 병에 대항해 싸우고 있었다. 그는 스스로에 대한 책임을 떠맡았고, 그녀는 남편의 결정을 존중했다.

병과 치료에 그는 지쳐 갔다. 이제는 매일 출근하지 않았다. 아침이면 플로랑스는 아이들을 깨우면서 아빠가 피곤하니 시끄러운 소리를 내지 말라고 일렀다. 아이들을 학교에 데려다 주고 난 뒤에는 다른 학부모 집에 들러 차를 마시고, 무용이나 요가 강습에 나가고 장을 보았다. 그는 혼자 집에 남아 이불을 머리 위까지 덮고 축축한 침대에서 낮 시간을 보냈다. 언제나 땀을 많이 흘리는 편이었지만 이제는 매일같이 시트를 갈아야 했다. 식은땀에 흠뻑 젖은 채 비몽사몽했고, 아무것도 제대로 이해하지 못하면서도 멍하니 뭔가를 읽곤 했다. 파르크 고등학교를 중퇴하고 부모 집에 내려와 은둔하며 지내던 시절과 같았다. 그때와 똑같은 무력감에 흠칫 몸서리가 쳐졌다.

서로 헤어지기로 하고 우정을 선포하긴 했지만 끔찍했던 로마 여행 이래 그는 코린에게 연락하지 않았다. 아내가 집을 나서면 전화기 주변을 맴돌다가 코린의 집에 전화를 걸었고 그녀가 받으면 얼른 수화기를 내려놓았다. 자기를 성가시게 여길까 봐 두려웠던 것이다. 드디어 용기를 내어 말을 하게 되었을 때, 자기 목소리를 듣고 기뻐하는 코린의 반응에 그는 적잖이 놀랐다. 직장에서의 어려움, 앞날이 보이지 않는 연애로 그녀는 극도로 혼란스러운 시기를 보내고 있었다. 그녀의 고독감과 아이들 그리고 불안한 개방성이 상대 남자들을 두렵게 했고, 그녀는 또 나름대로 그들의 상스러운 태도로 꽤나 상처를 받았다. 때문에 몹시 우울한 성격에다 어색하고 서툴긴 해도 자신을 여왕 취급하던 의사 로망을 환대하고도 남았다. 그녀는 자신의 실망과 원한을 털어놓기 시작했고 그는 그녀의 이야기를 들어 주고 위로해 주었다. 겉으로 드러난 점을 넘어서면 두 사람이 근본적으로 아주 닮았다는 말도 했다. 이를테면 그녀는 자기 여동생 같았다. 12월에 그는 파리로 되돌아갔고 모든 게 다시 시작되었다. 저녁 식사와 외출과 선물. 그리고 신년 초에는 레닌그라드로 5일간 사랑의 여행을 떠났다.

재판을 위한 초반의 조사 과정에서 많은 상상력을 불러일으킨 이 여행은 그가 구독하는 「의사 일보」에서 주최한 것이었다. 관심만 좀 기울이면 러시아에서 며칠을 보낼 수 있는 여러 가지 방법이 있다는 걸 알았을 텐데 그는 의사들 무리에 섞여 여행하는 것밖에는 다른 생각이 떠오르지 않았다. 물론 그 의사들은 서로 잘 아는 사이였고, 그는 아무도 몰랐다. 여행 중에 코린은 그가 다른 의사들과의 접촉을 애써 피하려 하고 항상 따로 다니려 하는 데 대해 놀랐다. 그녀로서는 그들과 어울려 친구처럼 지내고 싶었을 것이다. 사귈 만한 사람들이 아니라고 여겼거나 혹은 그녀가 생각했듯이 자기 아내 귀에 들어갈지도 모를 소문을 걱정해서 그랬다면 왜 굳이 이 사람들과 함께하는 여행을 택했을까? 정말이지 그는 그녀를 지쳐 빠지게 했다. 그리하여 여행 3일째 되는 날, 그녀는 로마에서와 똑같은 이야기를 했다. 또 한 번 실수했고, 역시 친구로 남는 게 낫겠다고, 오누이처럼 말이다. 그는 또다시 울기 시작했고 돌아오는 비행기 안에서 어쨌거나 자신은 암 환자라는 이야기를 했다. 곧 죽게 될 거라는.

이런 말에 뭐라 답하겠는가? 코린은 아주 난처해졌다. 그는 애원했다. 자기에 대해 아주 조금의 애정이라도 남아 있다면 가끔씩 전화해 달라고. 하지만 집으로는 하지 말고 음성 메시지에 남겨 달라고 했다. 그들의 비밀 코드는 이러했다. 222번은 〈급한 내용은 아니고 그저 당신 생각이 나서〉, 221번은 〈전화해 줘〉, 111번은 〈사랑해〉(그는 그런 종류의 코드를 아내 플로랑스와도 사용하고 있었다. 급한 용무의 정도에 따라 1부터 9까지의 숫자를 이용하는 것이다). 코린은 이야기를 얼른 끝내고 싶은 마음에 번호를 받아 적고 그렇게 하겠노라고 했다. 그는 아이들에게 줄 귀마개와 대녀들에게 줄 러시아 인형을 사가지고 돌아왔다.

두 번째 기회를 날려 버리고 난 그는 다시 무력감과 절망감에 빠졌다. 남편의 집안 칩거에 대해 플로랑스는 대부분의 친구들에게 남편이 암이라는 이야기를 하긴 했지만 비밀을 지켜 달라고 부탁했기에 친구들 각자는 자기 혼자만 그 사실을 알고 있다고 믿었다. 친구들은 은밀한 배려와 억지스러운 유쾌함으로 그를 에워쌌다.

언젠가 뤼크의 집에 모여 저녁을 먹는데, 파리에서 자기 딸들을 만나고 온 레미가 헤어진 아내 코린의 소식을 전해 주었다. 여전히 불안정한 가운데 인생을 다시 시작하려고 두 남자 사이에서 저울질을 하고 있다는 거였다. 한 사람은 심장병 전문의 비슷한 사람으로 자기 분야에선 아주 출중하지만 그다지 재미있는 사람은 아니고, 다른 한 사람은 훨씬 더 빈틈이 없는 파리의 치과 의사로 자기 삶을 아무렇게나 이끌어 가지 않는 타입이었다. 잘은 모르지만 코린에게는 균형과 보호가 필요하다는 판단에서 레미로서는 차라리 첫 번째 남자가 더 나아 보였는데, 불행하게도 코린은 도착적인 성행위를 더 좋아하기 때문에 두 번째 남자를 선택했다는 것이다. 그 이야기를 듣고 있던 장클로드의 얼굴은 정말이지 측은해 보였다고, 뤼크는 기억했다.

약속한 대로 코린은 장클로드에게 가끔 전화를 했고 그에 대한 신뢰의 표시로 철두철미하다는 치과 의사와의 연애 관계를 털어놓았다. 그 남자 때문에 괴롭긴 하지만 자기로서도 어쩔 수 없다고, 그 남자에게 열렬히 빠져 있다고 했다. 장클로드는 우울한 목소리로 그러냐고 했다. 그는 기침을 했고, 림프 암이 면역 세포들을 감소시키고 있다고 설명했다.

어느 날 그녀가 조언을 구했다. 전남편 레미와 공동으로 소유했던 제네바의 클리닉을 팔았다는 것이다. 그녀 몫으로 돌아온 돈이 90만 프랑이었다. 누군가와 공동 출자하여 새 진료소를 열 생각인데 서두르고 싶진 않고 당분간 은행에 놔두고 어딘가에 투자하고 싶다고 했다. 하지만 추천받은 몇몇 신탁 증서는 이윤이 너무 적다고 했다. 혹시 오빠에게 더 좋은 생각이 있을까? 물론 있고말고. 그는 말했다. 제네바의 베르그 가(街)에 있는 UOB에서는 연 18%의 이윤을 준단다. 그는 비행기를 타고 파리로 갔고, 그녀와 함께 거래 은행 본점으로 가서 90만 프랑을 현금으로 빼낸 다음 영화에서처럼 지폐가 가득한 가방을 들고 다시 비행기를 탔다. 영수증도,

흔적도 없었다. 그는 당시에 자기가 한 말을 기억했다.「만일 나한테 무슨 일이 생기면 당신 돈은 영영 사라질 거야.」그런 그의 말에 그녀는 부드럽게 대꾸했다(이 역시 그의 버전이다).「당신한테 무슨 일이 생긴다면, 내가 돈을 안타까워할 것 같아요?」

그가 집안의 노인들, 상속자들을 위해 돈을 불리려는 노인들이 아니라, 자기 돈이 필요하고 그 돈을 얼른 되찾을 생각을 하고 있는 젊은 여자를 속인 건 이번이 처음이었다. 그녀는 자기가 원하면 언제든 돈을 찾을 수 있는지를 확실하게 다짐받고자 했고, 그는 아무 걱정 하지 말라며 그녀를 안심시켰다. 하지만 그는 곤경에 처해 있었다. 장모가 맡겼던 노다지에 이제 아무것도 남아 있지 않았던 것이다. 지난 2년 동안 그의 씀씀이가 엄청 헤펐던 탓이다. 프레브생에서는 주변 사람들의 생활 수준에 맞추느라 8천 프랑의 집세를 물었고, 20만 프랑짜리 레인지 로버를 사들였으며 그걸 다시 25만 프랑 하는 BMW로 바꾸었다. 파리에서는 비싼 호텔에 고급 식당 그리고 코린을 위한 선물을 사대느라 완전히 파산이었다. 계속해서 살아가기 위해서는 코린의 돈이 필요했다. 그는 집에 돌아오자마자 코린의 돈을 자신의 계좌가 있는 세 은행인 페르네볼테르, 롱스르소니에, 제네바 은행에 나누어 맡겼다. 페르네 은행의 지점장은 감히 돈의 출처를 물어보진 못했지만 그렇게 불규칙적인 입금에 대해 내심 놀라워했다. 지점장은 돈의 투자와 좀 더 합리적인 운용 방식을 제안하기 위해 그에게 여러 번 전화를 했다. 그는 교묘하게 피해 나갔다. 다른 무엇보다도 수표 발행이 금지될까 걱정했는데, 이번에도 가까스로 그 위험을 비껴 갔다. 하지만 단 한 번의 유예 기간을 얻어 냈을 뿐이었고 코린의 돈을 건드림으로써 재난이 불가피하다는 걸 그는 알고 있었다.

마지막 해는 이러한 위협 속에 흘러갔다. 그때까지는 그 위협이 그의 삶을 그저 막연하게 짓눌렀다. 누군가와 마주치거나 누가 말을 걸거나 집의 전화벨이 울릴 때마다 불안이 배 속까지 전달되곤 했다. 마침내 때가 되었고 사기 행각이 낱낱이 드러날 참이었다. 위험은 도처에서 다가올 수 있었고, 아주 하찮은 일상의 사고가 그 무엇으로도 막을 수 없는 재난의 시나리오를 작동하게 할 수 있었다. 하지만 이젠 이 시나리오의 한 버전이 다른 것들보다 더 그럴듯하게 보였고 사람들이 중병에 대해 뭐라 말하든 — 암에 걸릴 수 있으며 감기에 걸리거나 말벌에 쏘여도 죽을 수 있다는 등등 — 그는 바로 그 버전을 끊임없이 상상해 왔던 것이다. 타격이 늦어질수록 더욱더 확실하게 다가올 것이고, 빠져나갈 구멍은 없을 것이다. 코린이 돈을 맡기고 나서 일주일 후에 자기 돈을 되돌려 달라고 요구했더라면, 그때만 해도 돈을 돌려줄 수 있었을 것이고, 없는 수입을 마치 있는 듯이 살아갈 다른 수단 — 어떤 수단? — 을 찾아내려 했을지도 모른다. 몇 주가 지나고 몇 달이 지나면서 투자했다고 믿었던 돈은 차츰 줄어들었다. 현기증에 사로잡힌 그는 돈을 좀 더 오래 쓸 수 있도록 아끼려고 노력하기는커녕 오히려 더 미친 듯이 낭비했다. 코린이 돈을 요구한다면 어쩔 것인가? 몇 년 전만 해도 친숙한 증여자들, 예컨대 부모나 클로드 삼촌이나 처가에 도움을 요청하여 일을 수습하려 했을 것이다. 하지만 그는 그들 모두의 재산 상황을 속속들이 알고 있었다. 그들 돈을 다 가져다 써버렸으니 그럴 수밖에 없다. 이제는 손을 뻗쳐 볼 사람이 아무도 없었다.

그러니 어쩌겠는가? 강도에게 습격을 당해 돈 가방을 털렸다고 얘길 꾸며 대나? 코린에게 진실을 고백하나? 일부분의 진실만을? 빠져나오기 힘든 재정난에 빠졌는데 거기에 그녀를 끌어들였다고? 모든 진실을, 17년간의 거짓말을 다 말할까? 아니면 남아 있는 돈을 모조리 긁어모아 딴 세상 끝으로 가는 비행기를 탈까? 그러곤 다시 돌아오지 않고 사라져 버리는 거다. 스캔들은 몇 시간 안에 터지겠지만 자기는 더 이상 여기 없으니 가족의 붕괴를 목도하지도 그들의 시선을 마주하지도 않을 거다. 그는 죽었다고, 자살했다고 믿게 할 수 있을지도 모른다. 시체는 없겠지만, 작별의 말과 함께 자동차를 산 절벽 근처에 버려 둔다면……. 죽은 걸로 선고되면 그는 진짜로 손 닿지 않는 곳에 있게 될 것이다. 문제는, 그가 아직 살아 있으므로 돈이 있다 해도 앞으로 어떻게 살아가야 할지 모를 거라는 점이다. 로망 의사의 거죽을 벗어 버린다는 것은 거죽 없이 존재한다는, 알몸보다도 더하게, 껍질이 벗겨진 채로 살아야 한다는 의미일 것이다.

  처음부터 그는 자기 삶의 논리적 귀결이 사살이라는 걸 알고 있었다. 자살할 용기는 한 번도 갖지 못했지만 생각만큼은 자주 했고, 어찌 보면, 언젠가는 죽어 버릴 거라는 확신이 자살하는 일로부터 그를 면제시켜 준 것 같았다. 그의 삶은 더는 연기할 수 없는 바로 그날을 기다리며 흘러갔다. 수백 번도 더 그 지점에 도달했고, 수백 번도 더 어떤 기적이나 우연이 그 일로부터 벗어나게 해주었다. 종말이 어떤 모습일지 의심하지 않은 채, 도대체 언제까지 운명이 사태의 진행을 연기시키는지 정말로 알고 싶어 했다.

  코린에게 제발 전화 좀 해달라고 간청하고 어쩌다가 그녀가 음성 메시지를 남겼을 때면 그 목소리를 다시 듣고 싶어서 열 번씩이나 반복해서 전화를 되돌려 듣던 그가 이제는 차라리 메시지 응답기 코드를 뽑아 놓아야 맘이 편해졌다. 그는 죽은 척하고 있었다. 한편 코린은 플로랑스가 전화를 받을까 봐 플레브생의 집으로는 전화를 하려 들지 않았다. 그녀의 절친한 친구 하나가, 보증서도 위임장도 아무것도 없이 가진 돈을 모조리 말기 암 환자한테 맡긴 코린에게 미쳤다는 말을 되풀이했다. 그가 죽기라도 하면 누가 그녀에게 그 사실을 알려 주겠는가? 그가 벌써 죽어서 매장되었을지도 모르는 일 아닌가? 스위스의 계좌는 그의 이름으로 되어 있으니 돈을 되돌려 받으려면 과부가 된 그의 아내를 쫓아다녀야 할 것이다. 점점 더 초조해진 코린은 친구의 남편을 시켜 프레브생의 자동 응답기에 긴급 메시지를 남기도록 했다. 하지만 답은 없었다. 벌써 초여름이었다. 코린은 매년 7월이면 플로랑스가 쥐라 마을의 약사를 대신해 일을 하며 가족이 모두 장클로드의 부모 집에 머문다는 사실을 기억해 냈다. 그녀는 전화번호부에서 쥐라의 연락처를 찾아냈고 마침내 그를 궁지에 몰아넣었다. 그는 병원에 장기간 입원했기 때문에 전화를 할 수 없었다고 했다. 방사선 치료를 받느라 몹시 피곤했다는 것이다. 코린은 측은한 마음을 내보이며 얼른 요점으로 들어갔다. 적어도 자기 돈의 일부만이라도 회수하고 싶다고 했다. 그는 그게 그렇게 쉽지 않다고, 최소한 일정 기일을 기다려야 한다며 이의를 제기했다. 「하지만 그렇지 않다고 했잖아요, 내가 원하면 언제든지 되찾을 수 있다고 그랬잖아요……」 원칙적으로는 그렇지만 그건 원칙일 따름이야. 커미션을 지불하는 대신 이윤을 얻고 싶다면 돈을 9월까지 묶어 두어야 하고, 어쨌거나 실제로 돈은 묶여 있고 게다가 그 역시 묶여 있는 상황이었다. 아파서 침대에 붙박여 지내느라 제네바에 갈 수 없는 처지였던 것이다. 당장 할 수 있는 일은 자기 자동차를 팔아 그녀를 변통해 주는 일뿐이었다. 코린은 화가 났다. 은행에 있는 제 돈을 요구한 것이지, 자동차까지 팔아 가며 마치 커다란 희생이나 하듯 해달라는 게 아니었기 때문이다. 그럼에도 불구하고 그는 그녀를 진정시킬 수 있었다.

그해, 그의 프리미엄 카드 사용 고지서에는 정기적으로 섹스 숍에서 사들인 사진 소설집과 포르노 테이프 대금, 대략 한 달에 두 번씩 리옹의 〈매릴린 센터〉와 〈온리 유〉 클럽에서 마사지를 받은 기록이 나왔다. 업소의 종업원들은 조용하고 예의 바르며 말수 적은 고객을 기억하고 있었다. 마사지를 받으러 가면 존재한다는 느낌, 육체를 가지고 있다는 느낌이 들었다고 했다.

그해 가을 플로랑스는 피임약을 중단했다. 이 사실은 두 가지 방식으로 해석될 수 있지만, 그녀의 산부인과 주치의에 따르면 플로랑스는 세 번째 아이를 가질 생각이었다고 한다.

플로랑스는 생뱅상 학무모 협회 부의장으로 교리 문답 강의와 학교 축제 조직, 아이들을 수영장이나 스키장에 동반해 줄 자원 부모 모집 등의 일에 몰두했다. 뤼크는 그 협회의 운영 위원이었다. 뤼크는 장클로드의 어두운 생각을 털어 버리게 하려고 그 일에 합류할 것을 제안했고, 장클로드는 아내에게 떠밀려 마지못해 일을 수락했다. 그 일은 단지 기분 전환만이 아니라 실제적인 삶에 끼어드는 계기가 되었다. 한 달에 한 번씩 허구가 아닌 진짜 모임에 나갔고, 사람들을 만나고 그들과 이야기했으며, 바쁜 사람임을 자처하면서도 자발적으로 추가 모임을 요구하기도 했다.

유부남이자 네 아이의 아버지인 그 학교의 교장이 역시 결혼한 동료 여교사와 내연의 관계를 맺은 사건이 터졌다. 사실이 알려지자 모두들 불쾌해했다. 몇몇 학부모들은 방탕한

커플의 예를 본받으라고 아이들을 가톨릭 학교에 보낸 것이 나며 입방아를 찧기 시작했다. 운영 위원회는 사태 수습에 관여하기로 결정하고, 여름 방학 초에 뤼크의 집에서 모임을 가졌다. 잘못한 교장에게 사임을 요구하고 교구 위원회에 그를 대신할 다른 교장을, 가능하면 모든 의혹을 불식시키기 위해 여교장을 요구할 생각이었다. 스캔들을 피하기 위해서는 모든 일이 다음 개학에 맞춰 정리되어야 했고, 실제로 그렇게 되었다. 그런데 모임이 진행되는 동안 오간 말들에 대해서는 참석자들의 증언이 엇갈렸다. 뤼크와 다른 사람들은 그 결정이 만장일치로 이루어졌다고, 장클로드도 그들 의견에 동의했다고 믿고 있었다. 그런데 장클로드는 아니라고, 자신은 그들의 의견에 동의하지 않았다고, 그래서 서로 언성을 높이고 화를 내며 헤어졌다고 했다. 그런 태도는 전혀 자기답지 않다는 사실을 강조하고 있었다. 친구들의 의견에 동조했다는 편이 훨씬 단순해 보이고 그의 성격에 맞을 텐데 말이다.

회의에 참석했던 다른 사람들이 거짓말을 할 이유가 전혀 없다고 생각하기 때문에, 나는 그가 동의하지 않는다고 말했다 할지라도 너무나 주저하는 투로 말했기 때문에 다른 이들이 그의 말을 나중에 기억하는 것은 고사하고 바로 그 자리에서조차 잘 듣지도 못했던 것이 아닌가 추측해 본다. 그는 모든 일에 동의하는 데만 너무 익숙했기에 누구도 그의 말을 들은 적이 정말로 없었으며, 그 또한 자기 이야기를 하는 데 도무지 익숙지 않아서 자신이 동의하지 않는다면서 했던 말 —

하찮은 말, 조심스러운 유보를 의미하는 중얼거림 — 의 내용을 기억하는 것이 아니라 자기 목소리를 부여하려고 헛되이 시도했던 끓어오르는 분노의 감정만을 기억하고 있을 따름이다. 그는 다른 사람이 들었던 말이 아니라 자기가 하려고 했던 말들을, 그에 필요한 온갖 광채와 더불어 자기가 했다고 생각하고 있었다. 또한 그가 아무 말도 안 했을 수도 있다. 그저 말하려고 생각했고, 말했다고 꿈꾸었고, 그러나 그렇게 하지 못한 데 대해 후회하다가 마침내는 진짜 했다고 상상했을 가능성도 있다. 집에 돌아와 그는 모든 것을, 교장을 몰아내기 위해 사람들이 꾸민 음모와 그에 대해 자신이 어떻게 의협심을 발휘했는지에 대해 아내에게 이야기했다. 플로랑스는 정숙하긴 하지만 얌전한 체하는 여자가 아니었고 다른 사람의 개인사에 끼어드는 걸 좋아하지 않았다. 그녀는 본래 남의 말을 거스르는 법이 없는 자기 남편이 병으로 피곤하고 그보다 훨씬 더 중요한 다른 일들로 바쁜데도 불의를 덮어 두기보다는 개인의 안락을 희생하고자 하는 모습에 감명을 받았다. 그 후 결국 쿠데타는 일어나 개학과 동시에 전 교장은 일개 평교사로 강등되고 그를 대신해 여교장이 들어왔을 때, 부드러운 구석이라곤 전혀 없는 고집불통의 새 여교장이 실망스럽긴 했어도 플로랑스는 예의 활기를 되찾았다. 그녀는 쫓겨난 교장을 위한 십자군 운동의 선두에 서서 자모회 곁에서 캠페인을 주도했고 곧이어 많은 부모들을 학부모 협의회 쪽으로 끌어들였다. 운영 위원회의 결정을 놓고 싸움이 벌어졌다. 그리하여 각기 플로랑스 로망과 뤼크

라드미랄이 이끌어 오며 그때까지 사이좋게 지내던 학부모 협의회와 운영 위원회는 적대적인 진영이 되어 버렸지만, 그래도 두 사람은 여전히 친구이긴 했다. 가을 학기가 되면서 사태는 악화되었다.

아내를 지지하는 걸로 만족하지 않던 장클로드는 좀 더 세게 치고 나갔다. 그 온건한 남자가 자신은 모로코에서의 인권을 위해 투쟁한 바 있으며 페르네볼테르에서도 인권이 유린되는 걸 용납하지 않을 것이라고 교문 앞에서 소리 높여 외치게 된 것이다. 신중한 아버지들이라는 평판이 지켜워진 운영 위원회와 새 여교장의 지지자들은 문제가 옛날 교장의 도덕성뿐만 아니라 그의 무른 경영에도 있다는 점을 부각시켰다. 한마디로 그는 유능하지 않다는 거였다. 이에 대해 장클로드는 사람이 언제나 유능할 수는 없으며, 원하는 대로만 할 수 있는 것도 아니고 차라리 이해를 해야 한다고, 비판하고 단죄하기보다는 도와주는 게 더 나은 일이라고 응수했다. 그는 거창한 원칙들에 대항하며 상처받기 쉬운 가식 없는 인간을 옹호했다. 성 바울이 말했듯이, 선한 일을 하고 싶지만 악을 범할 수밖에 없는 인간을 말이다. 그에게 자기 자신을 옹호하려는 의식이 있었던 걸까? 아무튼 그는 엄청난 위험을 무릅쓰고 있었다.

그 작은 지역 사회에서 처음으로 그에게 관심을 가졌다. 그가 사건의 기원이었다는 소문이 퍼졌고, 어떤 사람들은 그가 태도를 돌변했다고 했으며 다른 이들은 그가 그 원칙 없는 교장과 절친한 사이였다고 했다. 전반적인 인상은 그가 별로 분명치 않은 역할을 하고 있다는 거였다. 뤼크는 그런 그를 미워하면서도 사람들 마음을 진정시키려고 했다. 장클로드에게 심각한 건강상의 문제가 있으며 그로 인해 갈피를 못 잡고 허우적대고 있는 거라고 둘러댔다. 하지만 운영 위원회의 다른 회원들은 장클로드를 직접 대면할 것을 요구하고 나섰는데, 그런 생각 자체가 그에게는 치명적인 위험을 초래하는 일이었다. 18년 이래 그는 그것 때문에 두려워해 왔다. 매 순간의 기적이 그 위기를 모면하게 했는데 이제 그것이 목전에 닥쳐오려 하고 있었다. 게다가 자신도 어쩔 도리가 없는 우연한 일로 그런 게 아니라, 자신의 잘못으로, 난생처음 자기 생각을 발표했기 때문에 그렇게 되어 버린 것이다. 이웃 사람이 알려 준 새로운 소식은 그의 불안을 더 한층 고조시켰다. 세르주 비동이라는 운영 위원회의 한 사람이 그의 얼굴을 갈겨 버리겠다고 한 모양이었다.

재판 과정에서 가장 인상적인 증언을 한 사람은 삼촌인 클로드 로망이었다. 불그레한 얼굴에 땅딸막한 체구의 그는 우람한 어깨가 터져나갈 듯 꼭 끼는 정장 차림으로 들어섰다. 일단 증언대에 올라서자 다른 사람들처럼 재판정을 마주 보는 대신 그는 자기 조카 쪽으로 몸을 돌렸다. 양손을 허리춤에 대고 누구도 감히 아무 말 못하리라는 확신으로 조카를 위아래로 뚫어져라 바라보았다. 그건 아주 잠깐, 아마 30초쯤의 시간이었을 텐데도 굉장히 길게 느껴졌다. 장클로드는 완전히 녹초가 되어 버렸고 재판정 안의 모든 사람이 같은 느낌이었다. 그가 느낀 건 단지 후회와 수치만이 아니었다. 두 사람 사이에는 거리도 있었고, 유리 칸막이와 경관이 가로막고 있었는데도 그는 얻어맞을 것 같은 두려움을 느꼈던 것이다.

순간 그의 얼굴에서 읽힌 것은 신체적 폭력에 대한 공포스러운 두려움이었다. 그는 언제나 투쟁 본능이 위축된 사람들 틈에서의 삶을 선택했었다. 하지만 고향에 돌아올 때마다 겉으로 드러난 표면 바로 아래에서 그 본능을 느끼곤 했다. 청소년 시절 그는 클로드 삼촌의 푸르죽죽한 작은 눈에서 빈정대는 경멸을 읽어 냈다. 삼촌은 아무런 격식 없이 대지 위에 제 몸과 거처를 지니고 사는 사람이었고, 그런 그에게 어린 조카는 언제나 책 속에 빠져 사는 아이로만 보였다. 나중에 일가친척들이 총명한 조카에게 보내던 감탄 뒤에서 삼촌은 폭발의 기회만을 엿보고 있는 폭력을 감지해 냈다. 클로드 삼촌은 농담을 하기도 하고 다정스레 그의 어깨를 툭 치기도 했으며 다른 사람들처럼 투자할 돈을 맡기기도 했지만, 이따금 투자한 돈의 소식을 물어보던 유일한 사람이었다. 언젠가 누군가 장클로드에 대해 의혹을 품는다면 그건 바로 삼촌이었을 것이다. 그가 재빨리 사태를 이해하고 조카를 코너로 밀어붙이기 위해서는 그 의혹이 그를 살짝 스쳐 지나가기만 해도 충분했으리라. 그랬더라면 삼촌은 그를 때렸을 거다. 소송을 하기 전에, 이 모든 일에 앞서 그는 어마어마한 주먹으로 조카를 심하게 두들겨 패서 아프게 했을 것이다.

세르주 비동은 세상에서 가장 온순한 사람이란 평판을 들는 사람이었다. 그런 그의 입에서 위협의 말이 터져 나왔다면 그건 분명 으름장일 뿐이었다. 그런데도 장클로드는 죽도록 섭이 났고, 집에 돌아갈 수도 평소처럼 돌아다닐 수도 없었다. 온몸에 힘이 쭉 빠져 달아났다. 그는 자동차 안에서 혼자 울음을 터뜨렸다. 「내 따귀를 갈기고 싶어 하다니……. 내 얼굴을 갈기고 싶어 하다니…….」

대림절(待臨節)[1]의 마지막 일요일, 미사를 마치고 나온 뤼크는 플로랑스와 이야기를 나누기 위해 아내와 아이들을 잠깐 기다리게 했다. 플로랑스도 자기 식구들과 함께 왔는데, 장클로드는 보이지 않았다. 성찬식 전에 평화의 메시지를 교환했고, 주위 사람들과 평화롭지 않으면 기도가 아무 소용이 없다고 말한 예수의 말을 읽었다. 뤼크도 성탄절에 앞서 사람들과의 이 어리석은 분쟁에 종식을 고하고 평화를 얻고자 이곳에 왔던 것이다. 〈좋아, 그 엉터리 같은 교장의 좌천에 동의하지 않는 건 너의 권리야. 모든 일에서 모든 사람과 일치하라고 강요할 순 없지. 하지만 그런 일로 평생을 서로 으르렁거릴 수는 없지〉라는 생각이 들었던 것이다. 플로랑스는 미소를 지었고 그들은 서로 화해했다는 생각에 기뻐하며 얼싸안았다. 그럼에도 불구하고 뤼크는 한마디 덧붙이지 않을 수 없었다. 장클로드가 뭔가 동의하지 않는 일이 있었다면 당장 털어놓고 함께 토론할 수 있지 않았냐고……. 플로랑스

---

[1] 그리스도의 성탄을 기념하기 위한 크리스마스 전 4주간.

는 이맛살을 찌푸리며 대꾸했다. 그이가 한 일은 잘한 일 아닌가요? 뤼크는 아니라고, 그가 했던 일은 그게 아니었고, 바로 그 때문에 사람들이 비난하는 거라고 말했다. 전 교장의 편을 드는 것 또한 그의 분명한 권리였다고, 하지만 다른 이들처럼 교장 퇴출에 찬성 투표를 해놓고는 누구와도 상의하지 않고 자기 스스로 찬성했던 일에 반대하는 캠페인을 벌이고, 운영 위원회를 무슨 교활한 패거리 집단으로 몰아붙이는 일을 한 것이 문제라고 말했다. 말을 이어 갈수록 뤼크는 진심으로 지워 버리고자 작정했던 불만들은 뒤로하고, 일어났던 일만을 정확히 전하려는 순수한 배려를 했다. 플로랑스의 얼굴이 일그러지는 게 보였다. 「장클로드가 교장의 사임에 찬성 투표를 했다는 걸 저에게 맹세할 수 있어요?」 물론 뤼크는 맹세할 수 있었고, 다른 사람들도 그렇게 할 수 있었다. 하지만 그건 하등 중요하지 않았고 이제 화해가 이루어졌으니 모두 함께 크리스마스를 즐겨야 했다. 뤼크가 그 사소한 사건은 이제 종결되었다고 되풀이할수록, 플로랑스에게는 그렇지 않다는 걸, 오히려 악의가 없다고 생각했던 뤼크의 말은 그녀에게 깊은 동굴을 열어 주었다는 걸 깨달았다. 「그이는 자기가 교장 퇴출에 반대했다고 늘 말하던데……」 이제 뤼크는 그게 대수롭지 않은 일이라는 말조차 할 수 없어졌다. 오히려 그건 중요한 일이며, 엄청 중요한 무엇인가가 자기 힘을 벗어나 지금 바로 이 순간 벌어지고 있다는 느낌이었다. 그는 플로랑스가 이곳 교회 입구에서, 바로 자기 앞에서 안으로 폭발해 버려 어쩔 도리가 없게 돼버릴 것 같은 느낌이

들었다. 그녀는 신경질적으로 아이들을 어루만졌고, 초조해하는 카롤린의 손을 다시 잡았고 앙투안의 후드를 가지런히 했다. 그녀의 손가락은 술 취한 말벌처럼 움직이기 시작했고 핏기 가신 입술은 조용히 똑같은 말을 되풀이했다. 「그러니까, 그이가 거짓말을 했군요....... 나에게 거짓말을.......」

다음 날, 하교 시간에 플로랑스는 어떤 부인과 이야기를 나누었는데, 그녀의 남편 역시 세계 보건 기구에서 일하고 있었다. 부인은 세계 보건 기구에서 직원들을 위해 마련한 크리스마스트리 모임에 자기 딸을 데려갈 생각이라며, 앙투안과 카롤린도 거기 갈 거냐고 물었다. 그 말에 플로랑스는 얼굴이 창백해지며 더듬거렸다. 「이번에야말로 남편한테 화를 좀 내야겠네.」

재판에서 이 증언을 해석하고자 했을 때, 그는 세계 보건 기구에 크리스마스트리 모임이 있다는 사실은 플로랑스도 몇 년 전부터 알고 있었다고 했다. 그 일로 부부는 몇 번인가 다투었다. 그는 아이들을 거기 데려가는 일을 거부했는데, 이유는 그런 식의 혜택을 이용하고 싶지 않다는 거였다. 아내는 남편의 지나치게 강경한 원칙이 유쾌한 외출의 기회를 앗아 가는 걸 아쉬워했다. 교문에서 만난 부인의 질문이 플로랑스에게 새삼스러운 짜증을 불러일으켰을 수는 있지만 그게 어떤 폭로의 결과를 일으킬 수는 없었다는 것이다. 게다가 만일 플로랑스가 그 순간 일말의 의혹이라도 가졌더라면 세계 보건 기구에 전화를 걸어 물어보지 않았겠느냐고 그는 강변했다. 이에 재판장이 물었다.
「부인이 그렇게 하지 않았다고 누가 말했던가요?」

 크리스마스 휴가 직전에 운영 위원회의 협회장은 교장 문제에 대해 장클로드와 이야기하고 싶어 했다. 장클로드를 만나려면 사무실로 연락을 취해서는 안 된다는 걸 알 정도로 둘 사이가 친하지도 않았고, 협회장 자신도 제네바의 국제기구에서 일하고 있었던 터라 그는 자기 비서를 시켜 세계 보건 기구의 전화번호 목록에서 장클로드의 연락처를 찾아내라고 했다. 그게 불가능해지자 이번에는 국제기구 연금의 정보 은행에서 찾아보라고 했다. 어디서도 장클로드를 찾아낼 수 없자 협회장은 뭔가의 설명이 필요하겠구나 하는 생각을 했다. 하지만 대수롭지 않은 일이었기에 휴가에서 돌아와 페르네 중심가에서 플로랑스를 우연히 마주쳤던 날까지는 그 문제를 다시 생각하지 않았다. 그는 플로랑스에게 자초지종을 이야기했다. 그의 어조는 의혹을 품은 사람의 것이 아니라 이상야릇한 일의 진상을 알고자 하는 그런 것이었다. 플로랑스 또한 온순한 태도로 반응했다. 정말 이상하네요, 분명 무슨 이유가 있나 보네요, 남편에게 물어보죠. 두 사람은 그 후 다시 보지 못했다. 일주일 후 그녀는 죽었고 그녀가 장클로드에게 정말로 그 얘길 했는지는 누구도 영원히 알 수 없게 되었다. 장클로드 본인은 들은 바 없다고 말하고 있다.

 첫 타격이 어디서 날아올지는 모르지만 사냥개들이 다가

오고 있다는 걸 장클로드는 알고 있었다. 그의 여러 계좌들은 곧 적자로 드러날 것이고 자금 조달의 희망은 전혀 없었다. 자신에 대한 이야기가 오갔고 비난하는 소리가 들려왔다. 그를 갈겨 버리겠노라고 위협하며 페르네를 어슬렁거리는 사람도 있었다. 수많은 손길들이 전화번호부를 뒤적거렸다. 플로랑스의 눈빛도 변했다. 그는 두려웠다. 그는 코린에게 전화했다. 그녀는 상대방에게 휘둘리려 하지 않는 깐깐한 치과 의사와 최근에 결별하고 낙담한 상태에 있었다. 몇 달 전만 해도 그런 소식은 그에게 새로운 희망을 불어넣었을 것이다. 이제는 그것도 별다른 변수가 되지 않았다. 하지만 그는 온 사방에서 위협받고 있으며 갈 수 있는 칸이라고는 단 하나밖에 없는 장기판에서 왕처럼 처신했다. 객관적으로 볼 때, 게임은 진 것이고 포기해야 하건만 그럼에도 그 칸으로 가고 있었다. 그게 단지 상대가 어떻게 자신을 궁지에 밀어 넣는지 보기 위한 것일지라도……. 그날로 그는 파리행 비행기를 탔고 코린을 미셸 로스탕 식당에 데려가 저녁을 먹었으며 느릅나무 결 무늬의 사진첩과 가죽으로 된 편지 정리함을 랑셀에서 2,120프랑 주고 사들여 선물했다. 한갓진 테이블 위로 은은한 조명이 둥글게 비치는 가운데 그는 두 시간 동안 피난처에 있는 느낌이었다. 그는 이번이 마지막이라는 생각을 하며 로망 의사의 역할을 했고, 이제 곧 죽을 것이므로 더는 아무것도 중요하지 않았다. 식사 마지막에 코린은 이번에야말로 결심했는데, 이제 자기 돈을 찾고 싶다고 했다. 그는 빠져나갈 구멍을 찾기는커녕 수첩을 꺼내더니 돈을 전달해 줄 다음번 약속을 정하자고 했다. 수첩을 넘기다가 문득 어떤 생각이 떠올랐다. 신년 초에 친구인 베르나르 쿠슈네르와 저녁 약속이 되어 있다며, 코린에게 그 자리에 함께하자면 그녀가 좋아할까? 물론 그 일은 코린을 기쁘게 할 것이다. 이왕이면 토요일이 좋은데, 쿠슈네르가 1월 9일이나 16일 중에서 정하라고 했다고 말했다. 그러면 9일로 하자고, 빠를수록 좋다고 코린이 말했다. 그로서는 좀 더 후인 16일이 좋았을 테지만 아무 말도 하지 않았다. 주사위는 던져졌다. 지금부터 1월 9일 사이에 그는 죽어 버릴 것이다. 집으로 돌아오는 길에 그는 바쁜 사업가처럼 자신의 수첩을 열심히 들여다보았다. 크리스마스는 좋은 날짜가 아니다. 아이들한테 너무 잔인하니까. 교회의 예수 탄생극에서 카롤린은 마리아 역을, 앙투안은 목자 역을 맡았다. 그렇다면 신년 직후에?

그는 부모와 함께 크리스마스를 보내기 위해 클레르보를 찾았다. 크리스마스트리 아래 궤짝에서 그는 자신의 옛날 방에 모아 두었던 종이 박스들을 가져왔다. 옛날 편지들, 메모지 묶음들, 벨벳 천으로 묶은 노트들. 분명 그 안에는 약혼 시절에 플로랑스가 그를 위해 쓴 사랑의 시들도 있을 것이다. 그는 정원 한구석에서 그것들을 태웠다. 개인적인 노트들이 들어 있는, 창고에서 발견된 다른 박스들도 함께 태웠다. 몇 년 동안 써왔던 10여 권의 다소 자전적인 노트들을 애써 감추려 하지도 않은 채 지녀 왔다고 했다. 플로랑스가 우연히 발견할 경우를 대비해서 허구의 모양새를 지니면서도 동시에 고백의 가치가 드러나도록 꽤나 현실에 밀착해 쓴 글이었다고 한다. 하지만 플로랑스는 한 번도 그걸 발견하지 않았거나 혹은 읽어 볼 호기심을 갖지 않았고, 아니면 보고 나서도 말하지 않았던 것 같다. 그것도 아니라면, 최후의 가정은 그런 노트가 아예 존재하지도 않았다는 것이다.

그는 또한 자기가 죽은 후에 플로랑스가 발견하도록 메시지를 남겨 놓고 싶어서 크리스마스와 신년 초 사이의 며칠간 끊임없이 원고를 작성해 보았다고 한다. 편지와 함께 녹음도 하나 남겨 두려고 했단다. 자동차 안에서 혼자 녹음하려던 내용은 〈용서하오, 난 살 가치가 없어. 당신에게 거짓말을 했어. 하지만 당신과 아이들에 대한 내 사랑만은 거짓이 아니었어……〉였다고 한다. 그러나 끝내 녹음을 하지 못했다. 「매번 시작할 때마다 그걸 읽거나 듣게 될 사람의 입장에 서게 되었고…….」

그는 목이 메었고 고개를 떨어뜨렸다.

마지막 주일에 그는 몸이 무겁고 피곤함을 느꼈다. 시도 때도 없이 소파에, 자동차 안에 웅크리고 앉아 있곤 했다. 마치 깊숙한 바다 속에 있는 듯 두 귀가 웅웅거렸다. 머리 한쪽이 아팠고, 할 수만 있다면 머리통에서 아픈 부위를 들어내어 세탁기에 넣고 싶었다. 스트라스부르에 있는 의사 친구들 집에서 연말 파티를 하고 돌아오자마자, 플로랑스는 세탁을 했고 그는 세탁기가 놓인 목욕탕에 서서 세탁기 유리창을 통해 아주 뜨거운 물 속을 천천히 휘돌아다니는 빨래들을 바라보았다. 땀에 찌든 그의 셔츠와 속옷, 플로랑스와 아이들의 옷들, 티셔츠들, 만화 영화의 동물 캐릭터가 그려진 잠옷들, 옷을 갤 때마다 구별이 쉽지 않은 앙투안과 카롤린의 양말들. 서로 뒤섞인 네 식구의 옷, 평화롭게 뒤섞인 그들의 숨결은 겨울 밤 추위를 잘 막아 주는 튼튼한 지붕 밑에서……. 새해 첫날, 온 가족이 함께 르노 에스파스를 타고 눈 쌓인 도로를 부릉거리며 달려 집으로 돌아오는 일은 참 좋았을 것이다. 밤늦게 도착해 벌써 잠든 아이들을 안아 방으로 데려가 옷을 벗긴 다음 침대에 눕혀 주는 일. 앙투안이 잠잘 때마다 끼고 자던 토끼 인형을 짐 가방 안에서 찾아내고, 인형을 스트라스부르에 두고 오지 않은 데 대해 안심하고, 화장을 지우며 〈다행인 줄 알아요, 스트라스부르까지 되돌아갈 뻔했잖아요〉라는 아내의 농담을 듣고, 아내가 이불 속에서 그를 기다리고 있는 부부 침실과 아이들의 방을 가르는 목욕탕에 서서 마지막으로 씻을 준비를 하고 있는 일. 아내는 불빛에 눈이 시리지 않도록 머리를 한쪽으로 돌려 누운 채 그가 책을 읽는 동안 손을 잡아 준다. 이런 가족생활은 포근하고 따스했을 것이다. 그들 모두 포근하고 따스하다고 생각했다. 하지만 그는 그것이 안으로부터 썩었으며, 한순간도, 단 하나의 제스처도, 설핏 든 잠조차 부패로부터 벗어나지 않았다는 걸 알고 있었다. 부패는 그의 안에서 자라났고 안에서부터 차츰차츰 모든 걸 삼켜 버려 바깥에서는 아무것도 보지 못했고, 그리고 이제는 오로지 그 부패가 껍데기를 깨뜨리고 나와 모든 게 백일하에 드러나는 일만이 남았다. 그들은 방어할 능력도 없이 모두 헐벗은 채 추위와 공포 속에 있게 될 것이고, 그것이 유일한 현실이다. 그들이 설사 모른다 해도 이미 그것만이 유일한 현실이었다. 그는 문을 반쯤 열고 까치발로 아이들 방으로 다가섰다. 아이들은 자고 있었다. 그는 잠든 아이들을 바라보았다. 이 아이들에게 그런 일을 할 수는 없었다. 아이들은 자기들에게 그런 일을 한 게 바로 자기 아빠라는 걸 알 수 없을 것이다.

그들은 평소 자주 들르던 포시유 언덕의 작은 별장인 〈그랑 테트라〉에서 일요일을 보냈다. 스키를 아주 잘 타는 플로랑스가 아이들에게 스키를 가르쳤다. 엄마가 지켜보는 가운데 아이들은 스키를 타며 거의 모든 곳을 돌아다녔다. 그는 식당에서 책을 읽으며 기다렸고 나중에 식구들이 점심을 먹으러 왔다. 앙투안은 붉은 지점까지 올라갔으며 한순간 어려운 회전 지점에서 넘어질 뻔했지만 결국엔 넘어지지 않았다고 자랑스레 이야기했다. 아이들은 케첩과 함께 감자튀김이 풍성한 요리를 먹을 수 있었는데 그 요리 때문에라도 〈그랑 테트라〉를 아주 좋아했다. 오는 길에 차 안에서 아이들은 끊임없이 똑같은 소리를 반복했었다.「감자튀김 먹을 수 있죠? 감자튀김 먹을 거죠?」플로랑스는 그럴 거라고 말했고 아이들은 뒤이어 물었다.「먹을 수 있다고요? 그럼 각자 두 접시씩 먹어도 돼요? 아니, 세 접시씩?」

월요일 아침 그의 어머니가 아주 걱정하며 전화를 했다. 좀 전에 은행에서 통지가 왔는데 잔고에 4천 프랑이 적자로 나와 있다는 것이었다. 그런 일은 처음 있는 일이라며, 걱정할까 봐 아버지한테는 말도 꺼내지 못했다고 했다. 그는 곧 해결하겠다고, 이체를 하겠노라고 했고 어머니는 언제나처럼 아들과 통화 후에 마음이 놓여 전화를 끊었다(그리고 그다음 주에 금융 정지를 알리는 편지가 도착했다).

그는 제네바의 한 서점에서 열렸던 저자 사인회에서 헌정 사인을 받은(세계 보건 기구의 마음의 동료 장클로드에게,

베르나르가) 베르나르 쿠슈네르의 저서 『타인의 불행』을 책장에서 집어 들었다. 그리고 쿠앵트랭 공항까지 차를 몰고 나가 향수 한 병을 사고 파리행 12시 15분 비행기에 몸을 실었다. 기내에 들어선 그는 승객 중에 자크 바로 고용부 장관이 있다는 걸 알아보았다. 그리고 코린에게 짧은 편지를 썼다. 〈······이번 주에 결정을 내려야 해. 토요일 저녁을 당신과 함께 보내게 돼서 기뻐. 그건 아마도 작별이거나 새로운 유예가 되겠지. 당신이 결정할 일이야.〉 그리고 쿠슈네르의 책에서 그를 혼란에 빠뜨렸던 구절, 젊은 시절 친구의 자살에 관한 부분을 찾아냈다. 친구는 마취 의사였다. 그 남자는 조심스레 설정된 순서에 따라 피할 수 없는 치사량의 혼합물이 들어 있는 약품을 자기 몸에 주입하면서 사랑하는 여자한테 전화를 걸어 자신이 느끼는 죽음의 고통을 시시각각 알게 했다. 여자에게는 전화가 한 대밖에 없었고 만일 응급 구조를 요청하기 위해 전화를 끊으면 그가 당장 치명적인 양을 투입하리란 걸 알고 있었다. 그녀는 그가 죽어 가는 과정을 생생하게 들어 내야만 했다.

장클로드는 코린이 이 부분을 읽고 이해하길 바라면서 자신의 편지를 그 페이지에 끼워 넣고 책과 향수를 그녀의 진료실에 맡겼다. 파리에서 그날의 다른 행적에 대해서는 달리 기억하는 게 없었고, 택시를 타고 돌아다녔기에 다른 일을 할 시간도 없었다. 그는 페르네의 자동차 중개인과 해놓은 약속을 위해 사무실 문을 닫기 전에 도착하려고 오후 4시 30분 비행기를 탔다. BMW를 팔아 버린 후 R21을 렌트해 썼고, 그다음엔 에스파스를 렌트했는데 그는 이 차를 좋아했었다. 그의 말마따나 온갖 차를 다 타고 돌아다닌 셈이었다. 그는 다시 독일 차를 타고 싶었다. 잠깐 망설인 후 수많은 옵션 장비가 부착된 초록색 메탈의 BMW를 선택했고, 그걸 몰고 집으로 돌아왔다.

매주 화요일이면 그는 출근을 하지 않았다. 그는 플로랑스와 페르네로 쇼핑을 나갔다. 플로랑스는 그에게 새 정장을 사주겠다고 고집했고, 그는 3천2백 프랑짜리 파카의 유혹에 넘어갔다. 판매원 여자는 그들이 돈 많고 시간 많고 마음이 아주 잘 맞는 부부 같다고 생각했다. 그런 다음 그들은 아이들을 찾으러 학교에 갔고, 그날 그들 집에서 자기로 한 뤼크의 딸 소피도 함께 데려왔다. 플로랑스는 아이들 셋을 데리고 간식을 먹이러 갔고, 가는 길에 장클로드를 코탱의 약방에 내려 주었다. 그는 아침나절에 『자살 방법론』과 비달 의약품 사전을 연구했다. 시안화 소금이나 마비제 같은 즉사를 일으키는 약들은 피하고, 구토를 막는 약의 도움으로 빠른 혈청을 적시에 투입하는 바르비투산을 이용한 약들이 안락한 수면을 위해 권장되었다. 그는 세포 배양에 관한 연구에 그 약이 필요하다고 코탱에게 설명했다. 장클로드 정도의 연구자라면 실험실에서 제공받을 수 있는 약품들을 일반 약국에서 구입하려는 걸 보고 의아해할 수도 있었으련만 코탱은 이상하게 생각하지 않았다. 그들은 전문가답게 마이크로카드를 함께 조사해서 두 개의 바르비투산을 선택했으며 코탱은 좀 더 확실하게 하기 위해 거기에다 자기가 페노바르비탈(수면제)을 바탕으로 제조한 용해제를 첨가할 것을 제안했다. 그 모든 게 금요일까지 준비되기로 했다. 그럼 되겠냐는 코탱의 말에, 되겠다고 장클로드가 대답했다.

그날 저녁, 그는 대녀는 무릎에 앉히고 자기 아이들까지 모두 세 아이에게 동화책을 읽어 주었다. 아이들은 수요일 아침에는 학교에 가지 않기 때문에 전날 밤인 화요일엔 밤새 소곤거리다가 아침 늦게 일어나 점심때까지 잠옷 바람으로 놀곤 했다. 그는 리옹으로 떠났다. 오후 2시 8분에 벨쿠르 광장에 있는 파리 은행 현금 인출기에서 천 프랑을 빼냈고, 2시 45분에 다시 천 프랑을 뺐다. 두 시점 사이에서 어느 노숙자에게 5백 프랑짜리 지폐를 주었다고 한다. 그러고는 무기상에 들러 불시의 습격자를 제압하려는 데 쓰기 위한 거라며, 전기 연장 상자와 두 개의 최루탄, 22연발 소총을 위한 총알 한 갑과 소음기를 샀다.

「그러니까 피고는 단지 자살할 생각만 한 게 아니군요. 피고는 아내와 아이들을 죽일 생각을 하면서 그들과 함께 살았던 겁니다.」 재판장이 덧붙였다.

「그런 생각이 들었습니다……. 하지만 그 생각은 곧이어 다른 거짓 계획들, 다른 거짓 생각들로 가려졌습니다. 마치 그런 생각이 존재하지 않았던 것처럼 말입니다. 마치…… 저는 제가 다른 일을 한다고 생각했고, 그걸 사들인 건 다른 이유 때문이라고 생각했어요. 그리고 동시에…… 동시에 제 아이들의 심장을 관통할 총알을 샀던 겁니다…….」

그는 울음을 터뜨렸다.

그는 호신용 도구는 밤마다 집에 돌아오는 길을 겁내던 코린을 위해, 실탄과 소음기는 몇 년 전부터 눈이 많이 어두워져 소총 사용이 불가능해진 부친을 위한 거라고 생각하면서 직접 두 꾸러미의 선물 포장을 했다.

그가 이런 물건들을 사들이고 있는 동안 플로랑스는 학부모 두 명을 초대하여 차를 마시고 있었다. 그녀들에게 속내이야기를 하지는 않았지만, 그녀들도 기억하지 못하는 어떤 순간에 플로랑스는 벽난로의 맨틀피스 위에 놓인 액자 속의 예닐곱 살 된 소년의 사진을 보여 주며 말했다. 「정말 귀엽지요. 이 눈을 좀 보세요. 이 눈빛 뒤에는 그 어떤 악의도 볼 수 없어요.」 좀 어안이 벙벙해진 두 여자는 사진에 가까이 다가섰고 어린 시절의 장클로드가 사실 굉장히 귀여웠다는 걸 알아보았다. 플로랑스는 다른 이야기로 넘어갔다.

디종에 강의가 있는 날인 목요일에는 언제나 일찍 출발했다. 클레르보의 부모들에게 들러 볼 시간을 갖기 위해서였다. 집 앞에서 마주친 부모의 주치의는 로망이 부모들을 위해 사온 생수 한 박스를 차에서 내려놓는 일을 도와주었다. 그는 자신의 옛날 방에서 독극물에 관한 옛날 강의록을 다시 뒤져 보았고, 은행의 상황에 대해 안심하라는 말을 어머니에게 되풀이했다. 변호사는 그날 방문의 실제 목적이 부친의 소총을 가져오려는 데 있지 않냐고, 그것 때문에 그 전날 총알이랑 소음기를 사들인 게 아닌지 궁금해했지만 그는 아니라고 대답했다. 그 총은 정원에서 과녁 맞추기를 하기 위해 작년 여름에 이미 프레브생에 가져왔다는 것이다(이 여가 생활에 대해서는 어떤 증언도 확인되지 않았다). 돌아오는 길에 그는 코린에게 전화를 걸어 쿠슈네르와의 저녁 약속을 집요하게 기억시켰다. 그리고 라드미랄의 집에 들러 소피가 잊어버리고 두고 간 양말 한 켤레를 가져다주었다. 그는 뤼크를 만나 진실을 고백하고 싶어 했다고, 그 방문을 자신의 마지막 기회로 여겼다고 말하고 있는데, 불행하게도 과중한 일에 시달리고 있는 세실만 마주치고 말았다. 세실의 친구 하나가 얼마 전에 해산해서 그 아이들을 돌봐 주어야 했던 것이다. 오후 다섯시면 뤼크가 집에 있을 리가 없고 진료실에 있다는 사실을 알고 있으면서도 그곳으로 찾아가지 않았다. 그날 저녁에는 여느 때처럼 부모에게 전화를 걸어 안녕히 주무시라는 인사를 했다.

금요일에 그는 아이들을 학교에 데려다 주었고 신문과 크루아상을 사들고, 그가 미소를 띠고 있었다고 증언한 이웃과 함께 약국이 열리기를 기다렸다. 그는 주문한 바르비투산 약병과 치아에 좋을 것 같아 보이는 추잉껌을 샀고, 페르네의 꽃집에서 플로랑스를 만났다. 그들은 얼마 전 해산했다는 부인에게 둘이 함께 사인한 축하 카드와 진달래꽃 한 묶음을 보냈다. 플로랑스가 도자기 회화 강의를 들으러 간 동안, 그는 슈퍼에 가서 20리터들이 석유통 두 개와 계산대 여자의 말에 따르면 40프랑짜리 물건 하나를 샀다고 한다(고소장에는 그 가격이면 반죽에 쓰는 밀대를 살 수 있다고 되어 있었다. 그는 깨진 사다리의 디딤대를 대신할 철제 봉을 하나 산 걸로 기억하고 있지만, 철제 봉도 깨진 사다리도 발견되지 않았다). 그는 슈퍼 옆의 주유소에서 드럼통에 기름을 채웠다. 점심을 먹으러 집에 돌아온 그는 손님이 와 있는 걸 보았다. 금발에 거리낌 없는 태도의 젊은 여자는 카롤린의 담임 선생이었다. 아이들과 함께 준비하고 있는 작은 연극과 그 연극에서 미라 분장을 위해 필요한 엄청난 양의 붕대를 마련하는 일에 관한 이야기가 오고 갔다. 그는 언제나 도움을 줄 준비가 되어 있다며 제네바의 병원에서 원하는 만큼 충분한 붕대를 가져올 수 있다고 약속했다. 아이들이 그다음 날 반 친구이자 아프리카 외교관의 딸인 니나의 생일 잔치에 초대받았기 때문에 함께 선물을 사야 했다. 학교가 파하고 온 가족이 스위스의 중심 상가에 가서 레고 세트를 골랐다. 그리고 카페테리아에서 저녁을 먹고 일찍 집으로 돌아왔다. 앙투안과 카롤린은 잠옷 바람으로 선물과 함께 전해 줄 카드를 만들었다. 아이들이 잠든 뒤 플로랑스는 친정 엄마와 긴 시간 동안 전화 통화를 했다. 플로랑스의 모친은 사촌의 결혼식에 초대받지 못한 사실로 상심해 있었다. 과부가 된 것, 늙어 버린 것, 아이들에게 버림받은 것 등등에 대해 신랄하게 불평을 늘어놓았다. 친정 엄마의 슬픔을 전달받은 플로랑스는 전화를 끊은 후 울기 시작했다. 그는 소파에 앉아 있는 아내에게로 다가갔다. 그게 그가 기억하는 그녀의 마지막 모습이다. 그는 곁에 앉아 아내를 품에 안고 위로해 주려고 했다. 〈그녀의 마지막 말은 기억나지 않는다〉고 했다.

시체 부검에서 플로랑스의 혈액에 0.2그램의 알코올 성분이 발견되었는데, 이는 그녀가 숙면의 밤을 보냈다면 반쯤 취한 상태로 잠들었을 거라는 걸 의미한다. 그런데 그녀는 평소 술을 전혀 마시지 않았으며, 큰 행사나 있을 때 식사 중의 포도주 한 잔이 고작이었다. 우리는 다음과 같은 대사로 시작하는 언쟁을 상상해 본다.「당신 거짓말하고 있는 거 알아요.」그는 회피하고 그녀가 집요하게 묻는다. 왜 자기한테 교장의 파면에 반대 투표 했다고 거짓말을 했냐고, 왜 세계 보건 기구의 명부에 이름이 나와 있지 않느냐고 따진다. 논쟁은 격렬해지고 그녀는 마음을 가라앉히기 위해 술을 한 잔, 두 잔 그리고 세 잔 마신다. 평소 마시지 않던 술의 도움으로 마침내 그녀는 잠에 빠진다. 그는 깨어 있는 채로 이 상황을 어떻게 벗어날 것인가를 고민하며 밤을 보내고, 그리고 아침에 그녀의 머리에 총을 겨눈다.

이 시나리오를 그에게 내밀자 그는 이렇게 대답한다.「부부 싸움을 했다면 왜 그걸 감추겠습니까? 그렇다고 죄의식이 덜어지는 것도 아닐 테고……. 하지만 어떤 설명은 될 수 있겠고…… 아마도 그게 좀 더 납득할 만하겠지요……. 부부 싸움이 일어나지 않았다고 확신할 수는 없지만 기억이 나지 않습니다. 다른 살인 장면들, 역시 똑같이 끔찍한 그 장면들은 기억이 나는데 부부 싸움은 기억에 없습니다. 소파 위의 플로랑스를 위로하던 순간과 피범벅이 된 밀대를 손에 든 채 잠에서 깨어났던 순간 사이에 무슨 일이 있었는지 저로서는 말할 능력이 없습니다.」

  검사 측은 그가 전날 밤에 슈퍼마켓에서 밀대를 샀으며 그걸 아이들 방 안에 두어 아이들이 고무 찰흙을 판판하게 만드는 데 사용했고, 다시 그가 범행에 사용한 후 목욕탕에서 피의 흔적이 눈에 보이지 않도록 꽤 정성스레 씻은 다음 정돈해 두었다는 사실을 입증하고자 했다.

  전화벨이 울렸다. 그는 목욕탕에서 전화를 받았다. 프레브생의 심리 상담가인 여자 친구였는데 토요일 저녁에 플로랑스가 교리 문답 미사를 자기와 함께 진행할 수 있는지를 알고 싶어 했다. 그는 아마도 힘들 거라고, 그날 밤은 쥐라에 계신 부모님 댁에 가서 보낼 생각이라고 대답했다. 그리고 그는 아이들과 플로랑스가 자고 있어서 조그만 소리로 전화를 받아 미안하다고 했다. 급한 일이면 플로랑스를 깨우겠다고 하자, 그 심리 상담가는 그럴 필요 없다고, 미사는 자기 혼자 진행하겠노라고 했다.

  전화벨 소리는 아이들을 깨웠고, 애들은 목욕탕으로 급히 내려왔다. 아이들은 학교에 가지 않는 날이면 언제나 좀 더 쉽게 잠자리에서 일어났다. 그는 애들한테도 엄마가 아직 자고 있다고 말했고 셋이서 거실로 내려왔다. 그는 비디오카세트에 「아기 돼지 삼 형제」를 끼워 넣고 우유와 초코팝스를 준비했다. 아이들은 시리얼을 먹으면서 만화 영화를 보려고 소파에 자리를 잡았고 그는 아이들 사이에 앉았다.

「나는 플로랑스를 죽인 후에 앙투안과 카롤린도 죽일 거라는 걸 알고 있었고, 텔레비전 앞에 앉아 있던 그 순간이 우리가 함께 보낼 마지막 순간이라는 것도 알고 있었습니다. 난 아이들을 애무했지요. 그러면서 〈사랑한다〉는 다정한 말을 했을 겁니다. 자주 그랬으니까요. 그러면 애들은 곧잘 그림을 그려 대답을 해주곤 했어요. 아직 글을 잘 쓰지 못하던 앙투안도 〈아빠, 사랑해〉 정도는 쓸 줄 알았습니다.」

오랜 침묵이 흘렀다. 재판장은 갈라진 목소리로 5분의 휴정을 제안했다. 하지만 그가 머리를 흔들었고 계속해서 말을 잇기 전에 침을 삼키는 소리가 들렸다.

「우리는 그렇게 한 30분쯤 있었습니다······. 카롤린은 내 몸이 차다는 걸 알고는 내 실내복을 찾아오겠다고 했습니다. 나는 오히려 아이들 몸이 뜨겁고 아마도 열이 있는 것 같으니 올라가서 체온을 재야겠다고 했지요. 카롤린은 저와 함께 2층으로 올라갔어요. 나는 아이를 침대에 눕혔고······. 총을 찾으러 갔어요.」

끔찍한 장면이 재개되었다. 그는 벌벌 떨기 시작했고 온몸이 무너져 내렸다. 그는 바닥에 쓰러졌다. 그의 모습이 더 이상 보이지 않았고 경관들이 달려가 그에게 몸을 굽혔다. 어린 소년의 날카로운 목소리로 그가 신음했다. 「우리 아빠! 우리 아빠!」 방청석에 있던 어떤 여자가 피고석으로 달려가더니 유리창을 두드리며 마치 엄마처럼 〈장클로드! 장클로드!〉를 불러 대며 애원하기 시작했다. 아무도 그녀를 떼어 놓을 생각을 할 수 없었다.

「카롤린에게 뭐라고 했나요?」 30분의 휴정 후에 재판장이 물었다.
「이젠 모르겠어요……. 아이는 배를 깔고 누워 있었고…… 거기 대고 제가 총을 쏘았어요.」
「계속하세요…….」
「예심 판사님께 여러 번 말씀드렸어야 했는데, 여기…… 여기에 〈그 애들이〉 있어요……. (울음) 카롤린에게 첫 발을 쏘았어요……. 아이는 머리에 베개를 베고 있었고…… 전 장난치는 것처럼 했을 겁니다…… (그는 눈을 감고 신음한다) 전 총을 쏘았고…… 총을 방 안 어딘가에 내려놓았어요……. 그리고 앙투안을 불렀고…… 다시 시작했어요.」
「아무래도 제가 좀 도와야 하겠네요. 재판관들에게는 세밀한 설명이 필요한데 당신 이야기는 자세하지가 않거든요.」
「……카롤린이 태어나던 날은 제 인생에서 가장 좋은 날이었죠…… 아인 예뻤어요……. (신음) ……제 팔에 안겨…… 처음 목욕을 하고……. (경련) 그런데 그 애를 제가 죽였습니다……. 제가 죽였다고요.」

(경관들은 겁에 질렸으면서도 부드럽게 그를 두 팔로 잡았다.)

「앙투안이 총소리를 들었을 거라는 생각은 하지 않았나

요? 소음기를 껐었나요? 같은 핑계를 대고 앙투안을 불렀나요? 체온을 재야 한다고? 아이가 그걸 이상하게 여기지는 않았나요?」

「그 정확한 순간에 대해서는 그림이 떠오르지 않아요. 여전히 제 아이들이긴 했지만, 그건 카롤린이 아니었고…… 앙투안도 아니었을 거예요…….」

「앙투안이 카롤린의 침대로 다가서지 않았나요? 아이가 아무것도 의심하지 못하도록 카롤린을 이불로 덮어 두었나요?」

(그는 울먹인다.)

「예심 판사에게 그랬다면서요. 앙투안에게 물에 탄 수면제를 먹이려고 했는데 아이가 맛이 없다며 거절했다고…….」

「그건 오히려 추론입니다……. 앙투안이 맛이 없다고 말했던 모습은 떠오르지 않아요.」

「다른 설명은 없나요?」

「아이가 벌써 잠들었기를 바랐을 겁니다.」

검사가 끼어들었다. 「그리고 나서 당신은 스포츠 잡지 『레키프』와 지방 신문인 〈르 도피네 리베레〉를 사러 나갔고 신문 판매상은 당신 모습이 극히 정상이었다고 했어요. 그건 아무 일도 일어나지 않았다는 듯이, 삶이 계속되는 것처럼 보이려고 그런 건가요?」

「『레키프』지는 사지 않았어요. 난 그 잡지는 절대 보지 않아요.」

「이웃 사람들은 당신이 우체통을 열어 보려고 길을 건너는 걸 보았다던데요.」

「내가 현실을 부정하려고, 그런 척하려고 그랬다는 겁니까?」

「왜 클레르보로 떠나기 전에 총을 조심스럽게 쌌습니까?」

「물론 실제로는 부모를 죽이려고 그랬지만, 그걸 아버지에게 돌려줘야 한다고 생각했을 겁니다.」

부모가 기르는 사냥개는 그를 반기며 달려들어 늘 옷을 더럽히곤 했기 때문에 그는 낡은 윗옷과 진을 걸쳤다. 하지만 파리에서의 저녁 식사를 대비하여 차 안의 옷걸이에 정장 한 벌을 걸어 두었다. 그리고 가방에는 갈아입을 와이셔츠와 세면도구를 넣었다.

그는 그곳으로 가던 길을 기억하지 못하고 있다.

그의 아버지가 관리하고 매주 꽃을 갖다 놓는 성모 마리아 상 앞에 차를 주차시킨 건 기억한다. 현관문을 열어 주던 아버지의 모습도 선명하다. 그러나 그다음, 아버지의 죽음까지는 아무런 모습이 떠오르지 않는다.

세 사람이 같이 점심을 먹었다고 한다. 다음다음 날 클로드 삼촌이 집 안으로 들어왔을 때 식탁 위에는 그릇들이 그대로 있었고 시체 부검에서 부친인 에메 씨와 모친 안마리의 배 속이 꽉 차 있다는 게 밝혀졌다. 그는 밥을 먹었나? 어머니가 밥을 먹으라고 강요했는가? 그들은 무슨 이야기를 나누었나?

그는 아이들을 차례로 2층으로 올라오게 했던 것처럼, 부모에게도 똑같이 그렇게 했다. 우선, 악취를 뿜어내는 환풍기를 함께 조사해 보자는 핑계로 아버지를 자기의 옛날 방으로 끌어들였다. 도착하자마자 총을 방으로 옮겨 놓지는 않았을 테니, 필경 총을 손에 든 채로 계단을 올라갔을 것이다. 연장통이 2층에 있지는 않았으므로 아마도 창문으로 정원의 과녁을 겨누어 볼 거라고 예고를 했거나, 아니면 아무 말도 하지 않았을 가능성이 더 크다. 아들의 열여섯 살 생일 선물로 자기가 직접 가서 사준 총을 들고 있는 아들을 보고 어떤 아버지가 걱정을 하겠는가? 허리가 아파서 몸을 구부릴 수 없었던 노인네는 오염된 환기통을 보여 주기 위해 주추 높이로 무릎을 꿇고 앉았을 것이다. 바로 그 순간 두 발의 총알이 등에 박혔다. 노인은 앞으로 쓰러졌다. 아들은 어렸을 때부터 변함없이 있던 핑크빛 줄무늬의 벨벳 침대 시트로 아버지를 감쌌다.

그다음에는 어머니를 찾으러 갔다. 소음기를 사용한 좀 전의 총성을 어머니는 듣지 못했다. 그는 평소 사용하지 않던 거실로 어머니를 오게 했다. 어머니는 혼자 정면으로 총알을 맞았다. 그는 어머니에게 뭔가를 가리켜 뒤를 돌아보게 하려고 했을 것이다. 그의 예상보다 빨리 다시 몸을 돌린 어머니가 자기에게 총부리를 겨누고 있는 아들의 모습을 보았다면 어떠했을까? 〈장클로드, 이게 무슨 일이냐〉 혹은 〈너 왜 그래〉라고 했을까? 나중에 더는 생각나지 않는다고, 단지 예심 때의 서류를 통해서만 알고 있다고 기억하던 그 경찰 조사 진술에서처럼 말이다. 우리에게 사건을 재구성해 주려고 할 때도 그는 매양 불확실하게 말하고 있다. 어머니가 쓰러지면서 틀니가 떨어졌고 그것을 제자리에 끼워 주고는 시체 위에 초록색 시트를 덮어 주었다고.

어머니를 따라 올라왔던 개는 아무것도 이해하지 못한 채, 노부부의 시체 주변을 이리저리 오가며 조그맣게 끙끙거렸다. 「개를 카롤린과 함께 보내야 할 거라는 생각을 했습니다. 카롤린이 그 개를 아주 좋아했거든요.」 개 사진을 지갑에 넣고 다닐 정도로 그 역시 개를 몹시 좋아했다. 그는 개를 죽인 다음 파란색 솜이불로 덮어씌웠다.

그는 아래층으로 내려와 차가운 물로 총을 씻었다. 피를 닦는 데는 찬물이 더 좋았기 때문이었다. 그러고는 연장걸이에 총을 걸어 두었다. 그는 청바지와 낡은 재킷을 벗고 정장으로 갈아입었다. 하지만 와이셔츠는 갈아입지 않았다. 땀을 흘리긴 했지만 파리에 도착하면 갈아입는 게 나을 것 같아서였다. 그는 코린에게 전화를 했고 오퇴유 교회에서 만나기로 약속했다. 코린이 자기 딸들을 걸 스카우트 단원들 미사에 데려다 주기로 했기 때문이다. 그는 조심스럽게 문단속을 했고, 오후 두시 즈음에는 고속도로를 달리고 있었다.

「클레르보를 떠나면서 저는 평소와 똑같은 제스처를 취했습니다. 떠나기 전에 현관 입구와 집을 다시 한 번 둘러보는 거죠. 언제나 그렇게 했어요. 부모님이 연로하시고 병드셨기 때문에 어쩌면 이번이 마지막일지도 모른다는 생각이 늘 들었거든요.」

가능하면 코린과 그녀의 딸들과 함께 미사에 참여하겠다고 말했기 때문에 그는 차를 운전하는 동안 내도록 시계와 파리까지 가는 데 남은 킬로미터 수치를 끊임없이 들여다보았다. 고속도로로 진입하기 전, 중앙 부분의 굴곡이 유난히 많은 롱스르소니에 지방 도로에서 그는 자신이 운전을 좀 난폭하게 한다는 생각이 들었다. 한 번도 그런 적이 없었는데 말이다. 토요일 저녁이라서 톨게이트에 늘어선 차들이 느리게 빠져나갔기에 그는 짜증이 났다. 그러고는 바로 순환로로 들어섰다. 포르트 도를레앙에서 포르트 도퇴유까지 15분을 예상했는데 45분이나 잡아먹었다. 미사는 중앙 홀이 아니라 지하 성당에서 열렸고 그는 입구를 찾느라 곤혹을 치렀다. 뒤늦게 도착한 그는 구석에 머물러 있었고 영성체를 받으러 가지 않았다. 그건 확실하다. 왜냐하면 만일 그가 영성체를 받으러 나갔더라면 돌아 나오는 길에 코린 옆 자리에 앉았을 테니까. 그러는 대신 그는 먼저 성당을 빠져나가 밖에서 그녀들을 기다렸다. 그는 1년도 넘게 보지 못했던 코린의 두 딸을 안아 주었고 넷이서 코린의 집으로 향했다. 그는 베이비시터와 잡담을 나누었다. 코린의 딸들인 레아와 클로에는 크리스마스 때 받은 선물을 그에게 보여 주었고, 그사이 코린은 화장을 하고 옷을 갈아입었다. 방에서 다시 나온 그녀는 장밋빛 원피스 정장에 그가 첫 고백을 용서받기 위해 선물했던 반지를 끼고 있었다. 순환로를 반대 방향으로 타고 나서는 길에 코린은 돈을 요구했다. 그는 제네바에 들를 시간이 없었다고 사과하며, 하지만 월요일 아침에 틀림없이 은행에 들러 12시 15분 비행기를 탈 테니까 그날 오후 이른 시간에 돈을 돌려줄 거라고 말했다. 그녀는 좀 기분이 상했지만 그들을 기다리고 있는 화려한 저녁 식사에 대한 기대가 상한 마음을 잊게 했다. 그들은 퐁텐블로에서 순환 도로를 벗어났고, 그때부터는 그녀가 지도를 보면서 길을 안내했는데, 지도에다 그는 아무렇게나 쿠슈네르의 집을 표시해 놓았다. 그들은 〈왼쪽의 작은 도로〉를 찾았다. 지도는 세밀하지 않았기 때문에 위치를 가늠하기가 어렵다는 걸 애초부터 드러내고 있었다. 숲 속에서 한 시간을 뺑뺑 돈 끝에 그는 차를 멈추었고 차 트렁크에서 쿠슈네르의 전화번호를 적어 놓은 종이쪽지를 찾으려 했지만 보이지 않았다. 그렇게 지체하는 것에 대해 코린은 초조해하기 시작했고, 그는 다른 손님들, 즉 제네바에서 오는 다른 연구원들도 10시 30분 전에는 도착하지 않을 거라면서 코린을 안심시켰다. 코린의 관심을 돌리기 위해 그는 다음번에 있을 파리 전근과 결정적으로 그를 받아들이기로 했다는 국립 보건 의학 연구소의 인사 문제와 생제르맹데프레의 사택 아파트에 대한 이야기를 꺼냈다. 사택에는 혼자 머물 생각이라는 점을 자세히 밝히면서 그 일에 대한 자신의 의향을 설명했다. 전날 저녁에 플로랑스와 함께 오랜 시간 앞으로의 삶의 방향에 대해 의논했으며 둘이 합의하여 그렇게 하는 게 낫겠다고 결정했다고 했다. 가장 힘든 일은 아이들을 매일같이 보지 못하게 되는 일일 거라며 한숨을 쉬기도 했다. 아이들은 그날 오후에 친구의 생일 파티에 참석했을 거고 지금은 안시의 외가에 있을 거라고 했다. 코린은 초조하기만 했다. 그 순간 그는 시간을 보낼 생각만, 어떻게든 오늘 저녁 약속을 없애 버릴 그럴듯한 이유를 찾아낼 궁리만을 했다고 한다. 그는 다시금 도로 갓길에 차를 세웠고 쿠슈네르의 전화번호를 적은 쪽지를 찾아내기 위해 차 트렁크를 온통 뒤져 보기로 작정했다. 그는 낡은 박스를 뒤적거리며 몇 분인가를 보냈는데 그 안에는 책들과 잡지들 그리고 2년 전 레닌그라드 여행 때 비디오카메라로 찍어 댄 장면들이 담긴 카세트가 들어 있었다. 앞자리에 앉아 점점 더 험악한 표정이 되어 가는 코린의 얼굴만 흘긋 보아도, 지금은 다정했던 추억을 떠올릴 때가 아니라는 판단은 금세 내려졌다. 그는 쪽지를 찾을 수 없다며 어쩔 줄 몰라 하는 표정으로 다시 차로 돌아왔다. 그 대신 그녀에게 주기로 했던 목걸이를 찾아냈노라고 했다. 코린은 어처구니가 없다는 듯 어깨를 으쓱했다. 하지만 그는 끈질기게 강요했고 마침내 적어도 오늘 저녁만은 그 목걸이를 해보라고 그녀를 설득했다. 그녀는 차에서 내려, 그가 이제껏 그녀에게 장신구를 선물했을 때면 늘 그래 왔던 것처럼 두 눈을 감고 그가 뒤에서 목걸이를 채워 줄 수 있도록 자세를 취했다.

맨 처음에는 얼굴과 목에 최루탄 가스 같은 화기가 느껴졌다. 그녀는 눈을 반쯤 떴다가 화기가 더 심해지는 느낌에 얼른 다시 눈을 감았다. 그는 계속해서 물을 뿌려 댔고, 그녀는 혼자 발버둥을 쳐가며 온 힘을 다해 그를 마구 때리기 시작해서, 결과적으로 그녀가 그를 공격하고 있다는 느낌이 들었다. 그들은 차체를 따라 몸을 굴렸다. 배에 닿은 딱딱한 원통

형 막대기가 코린에게 전기 충격을 주고 있었다. 그것은 그가 그녀에게 주기로 했던 호신용 막대기였다. 코린은 죽을 것 같은 마음에 소리를 질렀다. 「싫어! 죽이지 마! 레아와 클로에를 생각해!」 그리고 눈을 떴다.

그의 눈을 응시함으로써 그녀는 목숨을 구할 수 있었다. 갑자기 모든 게 멈춰졌다.

그는 그녀 앞에 서 있었다. 당황하고 혼란스러운 얼굴과 긴장된 손으로. 그것은 더 이상 살인자의 제스처가 아니라 차라리 신경 발작을 일으킨 누군가를 진정시키려고 애쓰는 사람의 모습이었다.

「이봐, 코린, 코린……. 좀 진정해……」 그는 부드럽게 되풀이해 말했다.

그는 코린을 차 안에 앉혔고, 두 사람은 마치 제3자의 공격에서 막 벗어난 듯 정신을 차렸다. 그들은 휴지와 물로 얼굴을 닦았다. 그의 살갗과 눈이 부풀어 올라 있던 걸 보면 자기 얼굴에도 가스를 뿌려 댔던 것 같다. 잠시 후 코린은 그래도 쿠슈네르의 저녁 식사에 갈 거냐고 물었다. 그들은 가지 않기로 했고, 그는 다시 차의 시동을 걸어 갓길을 벗어나 반대 방향의 도로를 천천히 운전했다. 좀 전에 일어났던 일은 그녀에게나 그에게나 이해할 수 없는 일처럼 보였고, 당시에 처했던 기막힌 상태에서는 그 일을 촉발한 게 그녀였다는 생각을 하지 않을 수 없었다. 하지만 그녀는 그런 생각을 뿌리쳐 버렸다. 그녀는 자기가 아니라 그였다는 걸 인내심 있게 설명했고 그 일이 어떻게 벌어졌는지를 이야기했다. 그는 겁에 질린 채 고개를 끄덕이며 그녀의 이야기를 들었다.

맨 처음 도착한 마을에서 그는 쿠슈네르에게 전화를 걸어 사과를 구했고, 그녀는 그가 이제는 쿠슈네르의 전화번호를 가지고 있다는 사실에 놀라지도 않았다. 그녀는 차 안에 있었다. 그는 기계적으로 그랬는지 어땠는지 차 키를 주머니에 넣고 공중전화 박스로 갔다. 그녀는 네온사인 아래서 그가 말하는 혹은 말하는 척하는 모습을 바라보았다. 판사는 그가 진짜로 전화번호를 눌렀는지를 알고 싶어 했다. 그는 기억이 없다고, 아마도 프레브생의 자기 집으로 전화를 걸어 자동응답기의 소리를 듣고 있었을 거라고 했다.

그가 차로 돌아왔을 때 그녀는 아까 목걸이를 다시 챙겼냐고 물었고 그는 아니라고, 하지만 상관없다고 말했다. 영수증을 간직하고 있으니까 보험 회사가 물어 줄 거라고 했다. 그녀는 어느 순간에도 목걸이를 본 기억이 없었다는 것, 반면에 차 옆의 낙엽 뭉치로 넘어졌을 때, 누군가를 목 졸라 죽이기에 딱 좋은 부드러운 플라스틱 끈을 보았다는 생각을 해냈다. 차를 천천히 몰았기에 두 시간 이상이나 걸려 돌아오는 길에서 그녀는 그가 다시금 살인 발작에 사로잡히지나 않을까 겁이 났고, 그의 관심을 다른 데로 돌리기 위해 충실한 친구이자 직업적인 심리 상담가로서 열심히 이야기를 붙였다. 그는 자신의 병을 비난했다. 암은 자신을 죽이는 걸로 만족하지 않고 자신을 미치게 만들고 있으며, 요새는 자주 멍한 순간, 아무 기억도 나지 않는 백색의 순간들을 마주한다고 했다. 그는 울었다. 그녀는 전문가답게 이해한다는 태도로 고개를 끄덕이긴 했지만 실은 두려워 죽을 지경이었다. 그녀는 그가 반드시 누군가를 만나 봐야 할 거라고 말했다. 누군가라니? 정신 분석가? 응, 심리 치료사든지. 자기가 아주 좋은 사람을 추천해 줄 수 있을 거라고 했다. 아니면 쿠슈네르에게 이야기할 수도 있었다. 친한 친구고 깊이 있는 감수성과 인간미를 가진 사람이라고 자주 말해 왔으니까 그에게 이 모든 걸 털어놓는 건 아주 좋은 생각일 것이다. 그녀는 그간 일어났던 일을 극적으로 몰아가지 않게끔 이야기하기 위해 자기가 직접 쿠슈네르에게 전화하겠노라는 제안까지 했다. 〈그래, 거 좋은 생각이야〉라고 그가 동의했다. 친구를 악령으로부터 구해 내려는 쿠슈네르와 코린의 애정 어린 결탁은 그를 눈물나게 감동시켰다. 그는 다시 울기 시작했고 그녀 역시 울었다. 새벽 한시나 되어 도착한 그녀의 집 앞에 그녀를 내려 줄 때까지 두 사람은 계속 울었다. 그는 누구에게도 아무 말 하지 않겠다는 약속을 그녀로부터 받아 냈고, 그녀는 자기가 맡긴 돈 전부를 월요일에 돌려받을 것을 약속받았다. 그로부터 5분 뒤, 그는 그녀 아파트의 불 켜진 창문이 보이는 전화박스에서 전화를 걸어 말했다. 「이게 미리 짜낸 일이라고 생각하지 않겠다고 약속해 줘. 널 죽이려고 맘먹었다면 네 아파트에서 그랬을 것이고, 네 딸들도 함께 죽여 버렸을 테니까.」

그가 프레브생에 도착했을 때는 이미 해가 떠 있었다. 그는 디종 근처의 휴게소에서 잠깐 눈을 붙였다. 피곤이 엄습

하여 도로 차선을 침범했고 그러다 사고가 날까 걱정이 되었던 것이다. 그는 떠나기 전에 덧창을 걷어 올렸던 집 앞에 차를 주차했다. 집 안은 쾌적했고 거실은 좀 어질러져 있었지만 따스해 보였고 식구들과 함께 클레르보나 포시유 골짜기에서 주말을 보내고 돌아왔을 때와 아주 똑같은 느낌이었다. 아이들이 니나의 생일을 위해 그린 그림들과 고깔모자들이 테이블 위에 널려 있었다. 크리스마스트리의 소나무는 이파리를 거의 다 떨어뜨렸지만 그걸 내다 버린다고 할 때마다 아이들은 조금만 더 두어 달라고 애원하곤 했다. 작년에도 그렇게 해서 애들은 소나무를 2월 중순까지 집 안에 두게 했던 걸 보면 그건 연례적으로 벌이는 작은 유희인 셈이었다. 집에 돌아올 때마다 언제나 그랬듯이, 그는 일력표를 한 장 뒤로 넘기고 자동 응답기를 틀었다. 때론 아무 메시지가 없었고 때로는 그가 메시지들을 지우거나 했다. 그는 잠시 소파에 몸을 웅크리고 앉아 있었다.

열한시경, 집 앞에 주차해 놓은 차를 보고 친구들이 뜻하지 않은 방문을 할지도 모른다는 생각에 그는 겁이 났다. 그는 차를 프레브생 시내의 주차장에 갖다 놓기 위해 다시 집을 나섰다. 아마도 바로 이 순간에 조사관들을 그토록 혼동시킨 그 쪽지를 적었을 것이다. 돌아오는 길에 그는 코탱 부부와 마주쳤고 서로 인사를 나누었다. 약사인 코탱이 그에게 조깅을 하는 중이냐고 물었다. 그는 그냥 잠깐 산책하는 중이라고 대답했다.

잘 가게, 일요일 잘 보내.

그날의 나머지 시간을 재구성하기 위해 두 가지 자료가 마련되었다.

첫 번째 자료는 그가 「아기 돼지 삼 형제」 대신에 비디오카세트에 작동시킨 비디오테이프다. 그는 180분 동안 그 테이프에 위성 방송에서 나오는 10여 개의 방송 프로를 이것저것 녹화해 놓았다. 쇼와 스포츠 같은 보통 일요일 오후에 하는 텔레비전 프로들인데 광적으로 채널을 돌려 가며 이 프로 저 프로를 정신없이 마구 뒤섞어 녹화한 것이었다. 그리하여 카세트 전체는 도무지 봐줄 수 없는 음산한 카오스를 이루고 있었고 조사관들은 그럼에도 불구하고 인내심을 발휘하며 비디오를 보아야 했다. 그들은 조각 난 프로그램들을 조심스럽게 짜 맞추었고 각 프로의 방송 시간을 조회하여 그 녹화 시간을 재구성하기에 이르렀다. 그 결과 그가 오후 1시 10분부터 4시 10분까지 소파에 앉아 리모콘을 돌려 댔다는 사실이 밝혀졌지만, 카세트 중간에 또 다른 녹화를 시작했다는 결과도 나왔다. 일단 카세트가 끝까지 가면 테이프를 되감아 맨 처음부터 다시 리모콘을 눌러 가며 녹화를 한 것이다. 이것은 그가 이미 했던 앞부분의 녹화를 지우고 싶어 했다는 걸 의미한다. 이 일에 대해서는 그가 아무것도 기억하지 못한다고 말하고 있기 때문에 추측을 해야만 한다. 가장 그럴 듯한 추측은 테이프에 플로랑스와 아이들의 모습이 있었다는 것이다. 바캉스, 생일, 가족의 행복한 시간들. 그런데 섹스 숍에서 사들인 물건과 가끔 아내와 함께 보았다는 포르노 비디오에 관한 조사 과정에서 그는 아내와의 사랑의 유희를 직접 카메라에 담았었다는 이야기를 덧붙인 일이 있었다. 하지만 테이프의 흔적이 남아 있지 않으니 그런 테이프는 아예 존재한 적이 없었던 게 아닌지. 아니면 판사가 의문을 제기하듯 그게 바로 그가 마지막 날 철저하게 파괴해 버렸던 그 테이프가 아니었는지. 그는 아니라고, 그렇게 생각하지 않는다고 했다.

또 다른 자료는 프랑스 전화국이 밝혀 낸 전화 통화 기록인데, 거기에는 오후 4시 13분에서 6시 49분 사이에 코린의 집에 아홉 번이나 전화를 한 걸로 나와 있다. 똑같이 짧은 이 통화 시간은 그가 아홉 번이나 코린의 자동 응답기의 안내 방송만을 들었다는 것을 입증하고 있다. 열 번째에 코린은 수화기를 들었고 그들은 13분간 통화를 했다. 이 통화에 대한 그들의 기억은 서로 일치하고 있다. 그녀는 끔찍한 하루를 보냈으며 몹시 충격을 받았고 아직도 화상으로 고통스러워한다고 했고, 그는 공감하고 이해한다며 사과했고 자신의 절망적인 상태에 대해 이야기했다. 이러한 상태와 그의 병을 고려하여, 분별 있는 사람이라면 누구라도 그랬을 테지만 그녀는 경찰을 부를 마음은 정말 없었다는 말을 강조했다. 하지만 그가 얼른 누군가를 찾아가야 하며, 쿠슈네르나 그가 원하는 누군가에게 이야기를 해야 하며, 특히 월요일 아침에 은행에 가서 자기 돈을 찾겠다는 약속을 꼭 지켜 달라는 다짐을 받았다. 그는 은행 문이 열리는 시간에 가겠노라고 맹세했다.

집에 돌아온 이래 그는 위층에 올라가지 않았지만 거기에 뭐가 있는지는 알고 있었다. 조심스럽게 이불을 끌어당겼지만 그 밑에 뭐가 있는지도 알고 있었다. 밤이 되자 그는 그토록 미뤄 오던 죽음의 시간이 다가왔다는 걸 깨달았다. 당장 준비를 시작했다고 말하고 있지만 그는 자신을 속이고 있다. 그는 여전히 미적거리고 있었던 것이다. 슈퍼마켓에서 사들인 가득 찬 석유통의 내용물을 처음엔 다락방, 그다음엔 아이들과 플로랑스 몸 위에 그리고 계단에 흩뿌린 시간은 전문 평가단에 의하면 자정 이전이 아니라 새벽 세시경이다. 불은 네시 조금 안 돼서 붙였다. 우선 창고에, 그다음에는 계단에, 마지막으로 아이들 방에 불을 붙이고 나서 그는 자기 방으로 들어갔다. 미리 바르비투르산을 복용했더라면 좀 더 확실했을 터인데, 약을 마시는 걸 잊었거나 아니면 약을 찾지 못했던 것 같다. 왜냐하면 그가 10년 전부터 약장 구석에 처박아 두었던 넴부탈 약병이 뒤집혀 있었기 때문이다. 그것은 기르던 개의 고통을 잊게 해주려고 샀던 것으로 더 이상 쓸모가 없어진 진통제였다. 나중에는 유통 기한이 훌쩍 넘어 버려 버릴 생각을 했었다. 그래도 뭔가 효과가 있으려니 생각했던 것 같았고, 그러는 동안 아침 청소를 하던 청소원들이 지붕의 불길을 알아보고 아래층에서 문을 두드려 대기 시작하자 그는 스무여 알의 약을 털어 넣었다. 전기가 나가고 연기가 방 안에 드리워지기 시작했다. 그는 문틈을 틀어막기 위해 옷가지들을 문틈 아래로 밀어 넣었다. 그리고 솜털 이불을 덮고 마치 잠자고 있는 것 같은 플로랑스 곁에 누우려 했다. 하지만 앞이 잘 보이지 않았고 눈이 따끔거렸다. 부부 침실에는 아직 불이 붙지 않았었고, 소방관들이 이미 와 있었는데도 그는 사이렌 소리를 듣지 못했다고 주장하고 있다. 더 이상 숨을 쉴 수 없게 되자 그는 창문 쪽으로 기어가서 창을 열었다. 소방관들은 덧창이 삐걱대는 소리를 들었고 구조를 위해 사다리를 펼쳤다. 그는 정신을 잃었다.

의식 불명에서 빠져나오자 그는 모든 걸 부인하기 시작했다. 검은 옷을 입은 남자가 자기 집에 불법 침입하여 아이들에게 총을 쏘고 불을 질렀다는 것이다. 자신은 꼼짝도 못하고 무기력하게 눈앞에서 벌어지는 모든 일을 악몽처럼 지켜봤다고 했다. 판사가 클레르보의 학살에 대해 그를 단죄하자 그는 분노하며 외쳤다. 「아버지와 어머니를 죽이지 말라는 것은 신의 계율의 두 번째 조항입니다.」 세계 보건 기구의 연구원이 아니었다는 걸 입증하자, 그는 베르그 역에 있는 무슨 남아랍 연합이라는 단체에서 과학 자문으로 일했다는 대답을 했다. 확인 결과 베르그 역에 남아랍 연합 같은 건 존재하지 않자, 그건 포기하고 뒤이어 곧바로 다른 걸 만들어 냈다. 일곱 시간 동안의 심문에서 그는 명백한 사실에 대해 결사적으로 투쟁했다. 피곤해서였는지, 아니면 그의 변호사가 그런 식의 가당찮은 방어는 연쇄적으로 그에게 불리하게 될 거라는 걸 납득시켰는지, 마침내 그는 고백을 했다.

정신과 의사들이 그의 검사를 맡았다. 의사들은 진술 내용의 상세함과 자신에게 이로운 견해를 갖다 붙이려는 일관된 노력에 몹시 놀랐다. 18년 동안 측근들을 속이고 사기를 친 후에 자기 가족을 학살한 사람이라면 자신에게 유리한 견해를 만들어 내는 일이 그다지 어렵지 않을 수도 있다. 또한 그토록 오랫동안 해왔던 어떤 인물의 역할로부터 자신을 떼어 내는 일이 어려울 수도 있다. 상대의 공감을 얻어 내기 위해 그는 여전히 닥터 로망의 성공을 만들어 냈던 테크닉을 사용하고 있었기 때문이다. 차분함, 사려 깊음, 상대방의 기대에 맞추려는 비굴할 정도의 조심성 등이 그랬다. 그토록 엄청난 절제는 심각한 혼란을 입증하는 것이었다. 사태를 비춰 볼 때, 정상 상태의 닥터 로망이라면 그런 사교적인 태도보다는 의기 소침, 조리 없음, 치명적인 상처를 입은 동물의 고함 같은 것이 자기에게 훨씬 유리하다는 걸 알 정도로 똑똑했기 때문이다. 잘하고 있다는 생각에 자신의 발언이 정신과 의사들을 경악하게 만들고 있다는 걸 깨닫지 못했다. 자신의 사기 행각에 완벽하게 날조된 이야기를 들려주고, 아내와 아이들에게 아무런 특별한 감정을 내보이지 않음으로써, 마치 점잖은 홀아비가 자신이 죽고 난 뒤 주변 사람들이 너무 슬픈 분위기에 젖지 않도록 하는 게 명예로운 처신이라는 생각에 저녁 식사에 모인 사람들에게 자기가 복용하는 수면제에 대해서만 약간의 동요를 드러내면서 그것이 혹시 습관적이 되지 않을까만을 걱정하는 꼴이었는데, 정신과 의사들은 그러한 심리 상태를 〈전위(轉位)〉라고 판단했다.

뒤이은 면담에서 의사들은 울음을 터뜨리고 과장된 고통을 표시하는 그의 모습을 보았지만, 그것이 진실한 감정인지 아닌지에 대해서는 말할 수 없었다. 의사들은 모든 감정의 표현 능력이 없어진, 하지만 외부의 자극을 분석하고 그것에 대한 자신의 반응을 조정하도록 조작된 로봇 앞에 있는 듯한 혼란스러운 느낌을 가졌다. 〈닥터 로망〉 프로그램에 따라 작동하는 데만 익숙한 그에게는 〈살인자 로망〉이라는 새로운 프로그램을 설정하기 위한 시간 그리고 그것을 작동시키는 법을 배우기 위한 시간이 필요했다.

화재가 일어나고 2주일 후, 편지함을 열어 보던 뤼크는 살아 있는 유령의 글씨체가 적힌 편지봉투에 충격을 받았다. 그는 봉투를 열어 대강의 내용을 읽어 보고는 편지를 곧바로 예심 판사에게 보내 버렸다. 집 안에 그런 물건이 남아 있는 걸 원치 않았기 때문이었다. 그것은 미친 편지였다. 편지 안에서 장클로드는 자기가 뒤집어쓰고 있는 흉측한 의혹에 대해 한탄하며 좋은 변호사를 찾아 줄 것을 호소하고 있었다. 며칠 전에만 그 편지를 읽었더라도 뤼크는 조사관들이 모아들인 온갖 충격적인 증거들이 아니라 전율하는 그 글 속에 담겨진 진실을 믿으려 했을지도 모른다. 하지만 범행 부인에 뒤이은 살인자의 고백이 이미 여러 신문에 보도된 후였다. 배달된 순간에 편지는 더 이상 아무런 의미가 없었다.

플로랑스와 아이들의 장례를 치르고 돌아온 뒤, 뤼크는 장클로드에게 짧은 글을 하나 보냈다. 장례는 훌륭하게 치러졌으며 참석한 사람들 모두 죽은 이들과 장클로드를 위해 기도했다는 내용이었다. 뤼크는 곧이어 감방에서 보내온 또 다른 편지를 받았다. 편지 안에서 장클로드는 이렇게 쓰고 있었다. 〈교도소 사제와의 만남은 진리를 되찾아 가는 데 많은 도움이 되었다. 하지만 현실이 너무나도 견디기 힘들고 무서워서 내가 또 새로운 상상의 세계로 도피하여 불안정하게 되찾은 정체성을 다시 잃어버릴까 봐 겁이 난다. 가족과 친구들을 모두 잃어버렸다는 사실이 너무 괴로워서 정신적 마비 상태에 놓여 있는 느낌이다……. 기도해 주어서 고맙다. 그 기도 덕에 믿음을 지킬 수 있고 죽음과 이 엄청난 고통을 견뎌 낼 수 있을 거다. 모두에게 인사를 전한다. 너희들 모두를 사랑한다! ……플로랑스의 친구들이나 가족을 보게 되거든 용서하라고 전해 다오.〉

동정심이 북받쳐 오름에도 불구하고, 뤼크는 장클로드의 종교에의 헌신이 좀 너무 쉬운 도피라는 생각이 들었다. 다른 한편으론 누구도 알 수 없는 일이란 생각이 들었다. 뤼크 자신의 믿음이 친구의 신앙에 대한 비판을 가로막았다. 그는 편지에 답장을 하지는 않았다. 하지만 그가 가장 잘 알고 있던 플로랑스의 동생 장노엘 크롤레에게 편지를 보여 주었다. 두 사람은 편지 내용에 대해 오랫동안 논의했고, 장클로드가 자기 자신의 고통에 대해서는 여러 말들을 많이 하면서도 자기가 〈잃어버린〉 사람들의 고통에 대해서는 한마디 언급이 없었다는 생각을 했다. 편지의 마지막 문구는 장노엘 크롤레를 아연실색하게 했다. 〈도대체 그는 무슨 생각을 하는 걸

까? 용서라는 게 그렇게 전달될 수 있다는 건가? 사람들한테 안부 전해 줘, 하듯이?〉

정신과 의사들은 아주 건강해 보이는 장클로드를 초여름에 다시 만났다. 그는 수감 초기에 많이 아쉬워하던 안경과 개인 의복 몇 점을 되찾았다. 그는 의사들에게 5월 1일, 플로랑스에게 처음으로 사랑을 고백했던 날이라 해마다 기념하곤 했다던 바로 그 날짜에 자살하려고 했었다는 이야기를 자발적으로 털어놓았다. 이번에는 실패하지 않으려고 목을 매달 물건을 마련했었다고 한다. 하지만 운명적인 그날 아침, 다른 일로 좀 미적거리는 바람에 피에르 베레고부아 전 총리의 자살 소식을 라디오를 통해 알게 되었다. 그는 뭔가 선수를 빼앗겨 버린 듯한 느낌에 혼란스러워졌고, 거기에서 어떤 해석해야 할 신호 같은 걸 예감하면서 자살 계획의 실행을 미루었다. 그리고 교도소 사제와 면담 후에 — 어떤 사제라도 그에게 목매달아 죽으라고 격려했을 리는 없었을 텐데도, 아무튼 그의 말에 따르면 그와의 만남이 결정적이었다고 하는데 — 자살 포기라는 결정을 엄숙하게 내렸다는 것이다. 그날부터 그는 자신의 고통을 가족들의 기억에 바치기 위해 〈살아가는 죄를 받기로〉 했다. 그러면서도, 의사들에 의하면, 사람들이 자기를 어떻게 생각하고 있는지에 대해 굉장히 알고 싶어 했고 성찬을 준비하는 긴 단식이 곁들여진 기도와 명상의 기간에 들어섰다고 한다. 25킬로그램이나 살이 빠진 그는 자신이 거짓 외양들의 미로를 빠져나왔으며, 고통스럽지만 〈진실한〉 세계에 살게 되었다고 스스로 평가했다. 그리스도는 〈진리가 너희를 자유롭게 하리라〉고 말했다. 그는 〈난 한 번도 이렇게 자유로운 적이 없었고, 삶이 이렇게 아름다운 적이 없었다. 나는 살인자고, 사회 안에 존재하는 가장 비천한 이미지를 가지고 있다. 하지만 지난 20년간의 거짓된 삶보다는 이게 더 견디기 쉽다〉고 말했다. 한동안 더듬거린 후에 그는 프로그램 변경에 성공한 듯이 보였다. 존경받던 연구자라는 인물이, 그보다 덜 만족스러울 것도 없는, 신비한 구원의 길에 서 있는 중범죄자라는 인물로 대체되었다.

첫 번째 정신과 의사 팀은 새로운 팀으로 교체되었고 그들 역시 같은 진단서를 작성했다. 자기애적인 서사는 감옥에서도 계속되고 있었고, 그 소설은 주인공이 한평생 숨바꼭질해 왔던 묵직한 우울증을 다시 한 번 피할 수 있게 해주었다. 동시에 그는 자기 쪽에서 하는 온갖 이해의 노력이 자기만족적인 회복으로 파악된다는 걸 의식했고, 정신을 차려야 한다는 의식 또한 하고 있었다. 그러면서 의사들의 보고서는 이렇게 결론을 내리고 있었다. 〈그는 진실하다고 인정받는 일이 영원히 불가능할 것이고, 자기가 누구인지 자기 자신도 결코 알아낼 수 없을 거라는 사실에 대해 두려워한다. 전에는 자기가 하는 말을 모두 믿었지만 이제는 사람들이 아무것도 믿지 않으며 자기 스스로도 믿지 못하고 있다. 그는 자신의 진실에 다가서지 않고 있으며, 그 진실을 정신과 의사와 판사와 미디어가 디밀어 준 해석의 도움을 받아 가며 재구성하고 있다. 현 상황에서는 그가 중대한 심리적 고통에 빠져 있는 상태라고 기술할 수 없기에, 본인이 원하지 않는 정신 요법 치료를 부과하는 일은 어려워 보이며, 감옥을 방문하는 여성 자원 봉사자와 짧은 대화를 나누는 걸로 만족하고 있다. 단지, 심각한 위험성이 우려되는 우울증의 대가를 치르더라도, 그가 좀 덜 체계적인 방어, 좀 더 애매하지만 진실성이 담긴 방어에 다가서기만을 바랄 뿐이다.〉

 그를 면담하고 나온 정신과 의사 한 명이 동료에게 이런 말을 했다. 「만일 저 사람이 지금 감옥에 있지 않다면 벌써 미레유 뒤마가 진행하는 텔레비전 토크 쇼에 나갔을 거야!」

 라드미랄은 그로부터 다른 편지들을 받았다. 부활절과 아이들의 생일을 위한 편지들이었다. 아이들한테는 보여 주지 않았다. 상당히 불편한 심기를 불러일으키는 그 편지들을 뤼크는 아주 빨리 읽어 버린 다음에 〈상상 환자〉 의료 서류함에 넣어, 진료실 맨 꼭대기 선반에 올려놓았다. 내가 그 편지들을 보고 싶어 했을 때 뤼크의 병원으로 찾아가야 했다. 마지막 편지는 12월 말로 되어 있었다.

〈……내 생각들과 기도들이 자유롭게 너희들을 향해 날아가도록 하면, 마침내 이곳저곳으로 잘 도착하겠지. 우리를 갈라놓은 모든 것, 그리고 네가 받았을 《결정적인 마음의 상처》, 내가 이해하고 있고 정당하다고 생각하는 그 상처에도 불구하고 과거에 우리를 가깝게 해주었던 모든 것이 아마도 시간을 넘어, 산 자와 죽은 자들의 합일 안에서 우리를 한데 묶어 줄 거야. 크리스마스가 우리들 기독교인들에게는, 인간이 되고 아이가 된 하느님의 말씀을 통해 구원한 세상의 상징이 되길 바라며, 너희들 모두에게 기쁨의 원천이 되길 바란다. 행복이 가득하길 기원한다.

추신: 지난번 소피와 제롬의 생일에, 내가 조금 어설픈 편지를 보냈을 거야. 오늘은 펜을 잡기 전에 기도를 했지. 그래서 지금은 플로랑스, 카롤린 그리고 앙투안과 마음속의 합일을 이룬 열정으로부터 솟구쳐 나오는 말 그대로를 받아쓰고 있어.〉

뤼크는 억지로라도 답장을 보낼 수밖에 없었다. 크리스마스였으니까. 〈우리 가족에게 수많은 행복을 기원해 주어 정말 고맙다. 우리는 아주 조그만 행복이면 충분해.〉 그들의 편지 왕래는 거기서 멈춰졌다.

그해와 뒤이은 두 해는 죽은 이들에 대한 애도와 재판 준비로 흘러갔다. 라드미랄 가족은 지진으로 소멸해 버릴 뻔한 위기를 겪은 사람들처럼 살았고, 이제는 한 발자국 내디딜 때마다 두려운 마음을 갖지 않을 수 없었다. 〈단단한 땅〉이라고들 하지만 그건 속임수라는 걸 안다. 더 이상 아무것도 단단하거나 나약하지 않다. 다시금 누군가에게 신뢰를 갖기 위해서는 오랜 시간이 필요했다. 아이들은 다른 친구들의 아이들처럼 심리 전문가의 상담을 받았는데, 그 심리 상담가는 플로랑스가 죽은 바로 다음 날 새벽에 전화를 걸어 그날 저녁의 미사를 준비할 수 있냐고 물어봤던 그 여자였다. 소피는 죄책감을 느끼고 있었다. 자기가 그날 저녁 사건 현장에 있었더라면 대부의 행동을 어쩌면 막을 수 있지 않았을까 생각했던 것이다. 세실은 그가 소피 역시 죽였을 거라고 생각했고, 그날 저녁 소피가 다른 날들처럼 로망네 집에 가서 보내지 않은 데 대해 하늘에 감사하고 있었다. 소피는 책을 펼치다가 책갈피에 꽂힌 친구들의 카드가 스르륵 미끄러져 나오는 걸 보고는 갑작스레 눈물을 흘리곤 했다. 플로랑스와 둘이 그렇게나 좋아하며 추던 춤도 더는 추지 못했다. 뤼크는 증언대에 서야 할 일이 머리를 떠나지 않았다. 부르강브레스에서는 예심 판사의 소환이 두 번 있었다. 처음에는 냉정해 보였던 판사가 차츰 긴장을 풀었고, 뤼크는 이 사건의 결말을 알고 있는 상황에서야 로망을 괴물로, 그의 친구들을 어리석도록 순진한 지방 부르주아 패거리로 인정해 버리는 게 쉬운 일이겠지만, 이전에는 그렇지 않았다는 사실을 납득시키려고 노력했다. 「이렇게 말하면 바보 같겠지만, 그 친구는 아주 착한 놈이었어요. 그렇다고 해서 로망이 저지른 일이 아무것도 달라지진 않을 테고, 오히려 일을 더 끔찍하게 만들겠지만, 그 친구는 착했어요.」 여덟에서 열 시간까지 계속된 심문에도 불구하고, 뤼크는 뭔가 핵심 옆을 지나쳐 왔다는 불안감에 괴로운 마음으로 그 자리를 나왔다. 그는 반추되는 추억을 기록하기 위해 밤에 자다 깨기 시작했다. 열여덟 살 때 장클로드와 함께 여행 갔던 이탈리아, 바비큐 앞에서 나누던 대화, 뭔가의 전조처럼 회고적으로 나타나는 꿈······. 증언대에서 발표하기 위해 완벽하고 일관된 이야기를 구성하겠다는 근심은 구덩이 속에 빠져 버린 우정, 그리고 그와 더불어 그가 믿어 왔던 모든 것이 함께 사장될 뻔했던 그 우정에 비추어 지나온 생애를 조금씩 조금씩 다시 읽어 나가게 했다.

그의 증언은 나쁘게 받아들여졌고 그 일로 그는 괴로워했다. 취재단에서는 이토록 자기만족적이고 편협한 도덕성에 물들어 있는 사람을 가장 친한 친구로 가지고 있는 피고를 측은해할 정도였다. 나는 뤼크가 구두 시험 준비를 엄청 열심히 했다는 것, 그리고 그 시험은 그의 인생에서 가장 중요한 것이었다는 걸 이해했다. 그가 정당화하려 했던 것은 바로 자신의 인생이었다. 그의 목덜미가 뻣뻣해진 이유가 있었다.

이제 끝났다. 재판 후에 내가 만나러 갔던 그 남자는 자신과 가족들이 〈화염 속을 지나 무사히 다른 쪽으로 빠져나왔다〉고 생각하고 있었다. 흔적이 남아 있고 발걸음도 간혹 휘청거리지만 그들은 단단한 땅을 되찾았다. 우리가 이야기를 나누는 동안 소피가 학교에서 돌아왔고 그는 딸이 있는 자리에서 목소리도 낮추지 않고 딸의 대부였던 친구를 떠올리며 이야기를 계속했다. 아이는 열두 살이었고 우리 이야기를 주의 깊고 신중하게 귀담아들었다. 때로는 몇몇 디테일을 자세히 해주기 위해 이야기에 끼어들기도 했다. 굉장히 힘들었을 이야기를 그토록 자유롭게 할 수 있게 된 게 그나마 그 가족에게는 대단한 승리라는 생각이 들었다.

뤼크는 은총을 받은 어떤 날들에는 감옥의 친구를 위해 기도할 수 있었지만 편지를 쓰거나 면회를 가지는 않았다. 그것은 생존의 문제이다. 그는 친구가 〈땅 위의 지옥을 선택〉한 거라고 생각하고 있다. 그러한 친구의 태도가 기독교인인 그를 몹시 혼란스럽게 했지만, 기독교 정신에 어떤 신비의 여지가 있다는 말을 하고 있다. 그는 굴복하고 있다. 모든 걸 다 이해하지 않기로 한 것이다.

그는 얼마 전에 생뱅상 학교의 운영 위원회 의장으로 선출되었다.

회색 비닐봉지는 여전히 그의 꿈속에 나타나곤 한다.

장클로드가 아이들의 죽음을 이야기하면서 두 번째 발작을 일으켰을 때, 그의 이름을 반복해서 부르며 피고 쪽으로 급히 달려 나갔던 여자는 마리프랑스였다. 수감자 면회를 자원해서 하고 있는 이 여자는 그가 의식 불명에서 깨어나고 얼마 후 리옹에 수감되었을 때부터 그를 찾아가기 시작했고 부르강브레스에 있을 때도 매주 계속 찾아갔다.『겨울 아이』를 가져다준 것도 그녀였다. 처음 봤을 때는 짙은 푸른색 옷에 작은 키의 평범한 외모를 가진 예순이 가까워 가는 아주 머니였다. 두 번째 만났을 때는 강렬하면서도 차분한 뭔가가 금세 사람의 마음을 편하게 해주는 아주 인상적인 사람이었다. 장클로드의 사건을 책으로 쓰겠다는 기획이 그녀에게 신뢰감을 갖게 했다는 사실에 나는 놀랐고, 내가 그런 신뢰를 받을 자격이 있는지에 대해 자신이 없었다.

그가 저지른 살인들에 대한 이야기가 진행되는 동안 그녀는 또 다른 끔찍한 순간, 즉 1994년 12월에 장클로드가 겪어

내야 했던 일련의 범죄 재구성 과정에 대해 끊임없이 생각했다. 그가 그 일을 견뎌 내지 못할까 두려워했던 것이다. 프레브생에 도착했을 때, 처음에 로망은 경찰의 범인 호송 차량에서 나오지 않으려 했다. 결국 그는 집 안으로 들어갔고 2층으로 올라가기까지 했다. 자기 방문을 넘어서는 순간에는 뭔가 초자연적인 일이 일어날 거라는, 이를테면 그 자리에서 벼락을 맞을 거라는 생각을 했다. 그는 진술한 대로 범행을 재현할 수 없었다. 하는 수 없이 경찰 한 명이 침대에 눕고, 또 다른 경찰이 그의 역할을 맡아 누워 있는 경찰을 밀대로 이리저리 때리는 포즈를 취했다. 그는 마치 무대 연출가처럼 지시하고 교정하는 일만 했다. 나는 범행 재현 장면을 사진으로 보았는데, 음산하면서도 어딘지 인형극을 하고 있는 듯한 느낌이 들었다. 그다음에는 아이들 방으로 가야 했는데, 원래 침대에 있던 것을 대신해서 두 개의 작은 마네킹을 올려놓았다. 잠옷을 입힌 마네킹은 상황 재현을 위해 사들인 것으로 서류에 영수증이 첨부되어 있었다. 판사는 그에게 총을 들게 하려고 했지만 그가 기절하는 바람에 그렇게 할 수 없었다. 기절한 그는 아래층 안락의자에 앉아 그날의 나머지 시간을 보냈고 그러는 동안 다른 경찰이 그의 역할을 했다. 2층은 화재로 망가져 버렸지만, 거실에는 아이들의 그림과 갈레트 축제를 위한 왕관까지 그대로 놓여 있어, 그가 파리에서 돌아왔던 일요일 아침과 똑같은 모습이었다. 판사는 비디오카세트에 들어 있던 테이프와 자동 응답기의 녹음 테이프를 밀봉해서 보관했는데, 며칠 후 그것을 피고에게 들려주었다.

그에게 벼락이 떨어진 것은 바로 그 순간이었다. 첫 번째 메시지는 지난여름으로 거슬러 올라갔다. 아주 명랑하고 사랑이 담뿍 담긴 플로랑스의 목소리가 이렇게 말하고 있었다. 「까꿍! 우리에요. 잘 도착했어요. 빨리 오세요. 운전 조심하고요. 사랑해요.」 그리고 그녀 뒤에서 앙투안의 소리가 들려왔다. 「아빠, 뽀뽀해 줄게! 사랑해, 사랑해, 사랑해, 사랑해, 빨리 와.」 그걸 듣고 있는 장클로드의 모습을 본 판사는 눈물을 흘리기 시작했다. 그 후로 그는 마음을 찢어 놓으면서도 동시에 위로를 해주는 녹음기의 메시지를 반복해서 듣곤 했다. 식구들은 무사히 도착했다. 그들은 날 기다리고 있다. 날 사랑하고 있다. 식구들에게 달려가고 있는 이 길에서 나는 조심해야만 한다.

마리프랑스가 재판정의 방청석에 자리할 수 있는 허락을 얻고 있었기 때문에, 변호사가 들려준 이야기를 그녀도 알고 있는지 물었다. 재판 첫날 장클로드가 자신의 최초의 도피에 대한 진짜 이유에 대해 갑자기 어떤 계시처럼 기억을 되살려 냈다는 이야기를 말이다.

「아, 그럼요! 아바드 변호사는 장클로드가 그 얘길 하는 걸 원치 않았어요. 그게 서류에 있지도 않았고, 변호사 말에 따르면 오히려 판사들을 혼란스럽게 할 거라는 이유 때문이었어요. 하지만 저는 아바드가 잘못 판단했다고 생각해요. 그건 판사들이 알아야 할 중요한 이야기거든요. 의대 진급 시험 당일 아침에, 장클로드는 학교에 가려고 집을 나서는 순간 우체통에서 편지 한 통을 발견했대요. 장클로드를 사랑하던 어떤 젊은 여자에게서 온 편지였지요. 당시 그는 플로랑스를 사랑했기 때문에 그 여자를 멀리 했어요. 그 여자는 편지에 이렇게 썼대요. 장클로드가 그 편지를 읽어 볼 때면 자기는 죽어 있을 거라고. 그 여자는 자살했던 거예요. 바로 그거예요. 그 여자의 죽음에 대해 너무나 죄책감을 느꼈기 때문에 시험을 보러 가지 않았던 거라고요. 모든 일은 바로 그래서 시작되었던 거고요.」

나는 몹시 당황스러웠다.

「잠깐만요, 부인. 부인은 그 얘길 믿으시나요?」

마리프랑스는 놀란 눈으로 날 쳐다보았다.

「그가 뭣 하러 거짓말을 하겠어요?」

「모르겠어요. 아니, 알 것도 같아요. 그는 거짓말을 하기 때문이죠. 그게 그의 살아가는 방식이고 달리 어떻게 할 수가 없거든요. 그리고 다른 사람들을 속이기보다는 자기 자신을 속이기 위해 거짓말을 하는 거지요. 자살한 여자 이야기가 사실이라면 그걸 입증할 수 있어야 해요. 자기 때문에 자살을 했는지 어쩐지는 증명할 수 없을 테지만, 적어도 그 여자가 당시에 자살을 했는가는 증명해야죠. 그거야 이름만 대면 되는 일이잖아요.」

「그는 이름을 말하고 싶어 하지 않아요. 그 여자 가족에 대한 배려 때문이라네요.」

「그러니까요. 게다가 자기가 항암제를 샀다는 연구원이 누구였는지도 말하려 들지 않고 있어요. 저는 부인 생각과는 달리, 아바드 변호사가 그 이야기를 장클로드 혼자 간직하라고 한 건 백 번 옳은 일이었다고 생각합니다.」

나의 불신에 마리프랑스는 혼란스러워했다. 거짓말이라곤 통 할 줄 모르는 그 여인은 그가 지어낸 황당무계한 이야기도 그냥 지나쳐 버리는 법이 없었다.

마리프랑스를 변호인 측 증인으로 소환했던 아바드는 검사 측이 호출한 앞의 증인이 주게 될 불리한 인상을 그녀가 교정해 줄 것을 기대하고 있었다. 검사 측 증인이 증인석에 나타났을 때 아바드는 그녀를 그 자리에서 몰아낼 수만 있다면 모든 것을 다 줄 수도 있을 거라고 나에게 한숨을 쉬며 고백했었기 때문이다.

검사 측 증인으로 나온 밀로 부인은 마리프랑스보다 더 젊고 키 작은 금발에 애교스러운 여자였는데 그녀는 다름 아닌, 생뱅상 초등학교의 교장과 스캔들을 일으켰던 여교사였다. 그녀는 스캔들에 휘말린 두 사람이 함께 겪었던 〈모진 순간〉에 대한 이야기와 로망 일가가 자기들에게 보내 주었던 지지에 대한 회상으로부터 이야기를 시작했다. 로망 사건이 일어난 몇 달 후, 전 교장은 부르강브레스의 감옥으로부터 구원을 요청하는 편지 한 통을 받았다. 교장은 그 편지를 그녀에게 보여 주었고, 그녀는 편지에 감동을 받았다. 그러고 나서 두 사람은 헤어졌다. 남자는 프랑스 남부 지방의 학교로 전보 발령을 받았고, 밀로 부인은 죄수에게 편지를 쓰기 시작했다. 그녀는 앙투안의 담임이었고, 앙투안의 죽음은 반 아이들에게 엄청난 충격이었다. 아이들은 끊임없이 그 이야기를 했고, 수업은 집단 치료로 변질되어 갔다. 어느 날 그녀는 아이들 모두에게 〈어려움에 처해 있는 사람에게 용기를 주기 위한〉 그림을 그려 보라고 시켰다. 하지만 어려움에 처한 사람이 앙투안의 아버지이자 살인자라는 말은 하지 않았다. 그리고 그 그림을 아이들이 그에게 보내는 것처럼 해서 보내 주었다. 그는 가슴을 털어놓은 답장을 보냈고 그녀는 그 편지를 반 아이들에게 읽어 주었다.

아바드는 갑작스럽게 서류에 머리를 박았고, 검사는 생각하는 표정으로 고개를 끄덕였다. 밀로 부인은 뭔가 불편함을 느끼면서 입을 다물었다. 재판장이 끼어들어야만 했다.

「증인은 장클로드 로망을 감옥으로 방문했고 그와 사랑하는 관계를 맺었어요.」

「그건 너무 심한 말입니다……」

「면회실에서 〈육감적인 키스〉를 했다는 간수들의 보고가 있습니다.」

「그건 너무 지나친 말이에요……」

「압수된 편지에는 장클로드 로망이 증인에게 보낸 이런 시가 있습니다.」

　　당신에게 〈뭔지 모르겠지만〉
　　부드럽고, 평화롭고,
　　뭔가 보이지 않는 어떤 것을
　　쓰고 싶어요.

사랑스럽고
　기분 좋은
　〈그 뭔지 모를 것〉
　마음을 가라앉히고
　매혹시키는
　〈그 뭔지 모를 것〉
　침묵 속에서도
　믿음을 주는
　그리고 당신께 말하리라
　〈사랑한다〉고.

　편지의 낭독에 뒤이은 황당한 침묵(나는 이보다 더 거북한 순간을 경험한 적이 거의 없었고, 당시의 이야기를 옮겨 적고 있는 지금 이 순간에도 그때의 그 불편함을 고스란히 다시 느끼고 있다) 속에, 증인은 그것이 자기에게는 전환점이었고, 이제 자신은 또 다른 동반자를 얻었으며 장클로드 로망밖에는 볼 수 없게 되었다고 중얼거렸다. 완벽한 고문이라고 생각했는데, 자작시 외에도 그는 카뮈의 소설 『전락』의 일부를 베껴 적은 편지를 보내기도 했다. 그 소설이 자신의 생각을 잘 표현했다는 것이다. 검사는 그걸 읽기 시작했다.

　〈내가 자살을 해버린 후에 그들의 얼굴을 볼 수만 있다면, 그렇다면 게임은 해볼 만한 가치가 있었을 것이다. 사람들은 당신의 이성, 당신의 성실성, 당신의 고통의 무게를 당신의 죽음을 통해서만 납득한다. 당신의 목숨이 붙어 있는 한, 당신의 처지는 의심스럽고 회의를 불러일으킬 뿐이다. 그러므로 구경거리를 즐길 수 있다는 확신만 있다면 그들이 믿고 싶어 하지 않는 것을 증명하여 그들을 놀라게 할 만하다. 하지만 당신이 죽어 버린다면 그들이 당신을 믿든 안 믿든 그건 하등 중요하지 않다. 마침내 그들의 놀라움이나 덧없는 후회를 거둬들이기 위한 자리, 모두가 꿈꿔 온 당신의 장례식에 참석하기 위한 자리에 당신은 없을 테니까……〉

그는 이러한 문체의 글을 여덟 페이지나 빼곡하게 베껴 적었고 검사는 그것을 읽으며 아주 즐거워했다. 마지막으로 발췌된 글은 자신의 신앙 고백처럼 제시되었다. 〈무엇보다도 당신에게 성실할 것을 요구하는 친구들을 믿지 말라. 그런 경우에 처한다면, 주저하지 말고 이렇게 하라. 즉 진실이라고 맹세하고 최선을 다해 거짓을 말하라.〉

피고는 변명을 하려고 애썼다.

「그 모든 것은 저의 지난날에 대한 이야기입니다……. 이제는 정반대라는 걸, 오로지 진실만이 구원을 준다는 걸 저는 알고 있습니다…….」

아바드가 예상했듯이 결과는 참담했다. 뒤이어 증언대에 나온 가엾은 마리프랑스는 아무런 희망도 없었다. 그녀는 피고와의 첫 만남을 감동적으로 주워섬기기 시작했다. 「악수를 했을 때, 전 죽은 사람의 손을 만지고 있다는 느낌이 들었어요. 너무나 차가웠거든요. 그는 오로지 죽는 일만 생각했어요. 그렇게 슬픈 사람은 한 번도 본 일이 없었어요……. 그를 떠날 때마다 다음번 면회실에서 그를 다시 보지 못할 거라는 생각이 들 정도였어요. 그러던 어느 날, 그러니까 93년 5월에 그가 말했어요. 〈마리프랑스, 저는 살아가는 죄를 받기로 했어요. 플로랑스의 가족과 내 친구들을 위해 이 고통을 떠맡기로 작정했어요.〉 그리고 그때부터 모든 게 달라졌어요…….」
그리고 그때부터 그녀의 증언도 설득력을 잃었다. 모두들 로망의 짧은 시와 앙투안의 담임 선생님과의 말도 안 되는 목가적 사랑을 떠올리고 있었고, 그것은 〈스스로를 용서할 수 없기 때문에 다른 사람들로부터도 기대할 수 없는 용서〉에 대한 경건한 말들을 냉소적으로 만들었다. 마리프랑스는 그런 분위기를 납득하지 못한 채, 장클로드가 감옥 안에서 아주 멋진 사람으로 통한다는 이야기를 마지막으로 장식했다. 마치 한 줄기 햇살 같은 그의 곁에서 다른 죄수들이 원기를 회복하고, 삶의 기쁨과 낙천성을 되찾는다는 거였다. 검사는 변호인 측 증인의 이야기를 마치 배불리 밥 먹고 느긋하게 소화시키는 고양이 같은 미소를 지으며 들었고, 아바드는 말 그대로 얼굴도 들지 못했다.

마지막 재판을 이틀 앞둔 저녁이었다. 이제 검사의 논고와 변론만이 남아 있었다. 일군의 기자들과 저녁을 먹게 되었는데, 그중에 「리베라시옹」의 전직 기자인 카트린 에렐이란 여자가 있었다. 그 여기자는 마리프랑스의 증언 때문에 완전히 돌아 버리겠다며, 그런 여자는 단순히 우스꽝스러운 천사표일 뿐만 아니라, 무책임하며 완전히 범죄적이라고 말했다. 덧붙여 말하길, 로망은 인간쓰레기이며 가장 악질이라고, 그의 시처럼 무기력하며 감상적이라고 했다. 그런데 사형 제도는 더 이상 존재하지 않으므로, 20~30년을 감옥에서 살아갈 테니 그의 심리적 변천에 대해 의문을 제기할 수밖에 없다는 것이다. 그런 관점에서 볼 때, 그에게 일어날 수 있는 유일하게 긍정적인 일은 자기가 저지른 일에 대해서 〈진정으로〉 의식하는 것이고, 징징거리는 대신에 자신이 일평생 피해 달아나려고 발버둥 치던 가혹한 절망에 〈진정으로〉 빠져 드는 일이라고 했다. 그런 대가를 치러야만 어느 날인가 거짓이 아닌 것, 현실을 벗어난 도피가 아닌 그 무엇인가에 다가설 기회가 있다는 것이다. 반대로 그에게 일어날 수 있는 최악의 일은, 맹목적인 신자인 마리프랑스 같은 사람이 새로운 역할을 가져다주는 것, 그리하여 묵주 신공을 바치면서 속죄하는 위대한 설교자의 역할을 하는 일이다. 이런 부류의 몹쓸 인간에게는 사형 제도의 부활에도 반대하지 않을 거라고 카트린은 열변을 토했고, 나까지 한 궤에 묶어 비난해 마지않았다. 「자기에 대한 책을 내준다니 좋아라 하지 않겠어? 그런 게 바로 그 작자가 평생 꿈꿔 오던 일이거든. 근본적으로 그는 자기 가족을 죽인 게 잘한 일이야. 그로 인해 모든 소원이 풀렸거든. 사람들이 자기 얘길 하지, 텔레비전에도 나왔지, 자신의 전기도 써준다지. 성인품에 오르는 서류를 갖추기 위해 제대로 길을 탄 거지. 그게 바로 고공 탈출이라는 거야. 빈틈없는 작품이지. 브라보를 외쳐 줘야 할 판이라고!」

「누군가는 동정을 이야기할 것입니다. 하지만 나는 그 동정을 희생자들에게 돌리겠습니다.」네 시간 동안 이어진 검사의 논고는 그렇게 시작하고 있었다. 논고 속에서 피고는 〈종교에 입문하듯이 위선에 입문하고〉 자신의 사기 행각으로부터 매 순간 쾌락을 끌어낸 권모술수의 파렴치한으로 그려지고 있었다. 사실 자체는 의혹의 여지가 전혀 없는 이 재판에서, 피고의 자살 의지에 대한 진실성이 논고와 변론 사이의 주요 쟁점으로 불거졌다. 견디기 힘든 아이들의 살해 장면을 담담한 목소리로 다시 읽고 난 검사는 극적으로 폭발했다. 「요컨대, 그건 미쳐야 가능한 얘깁니다! 그런 일을 저지르고 난 뒤에 아버지라는 사람이 취할 수 있는 행동이, 자신에게 총을 겨누는 것 외에 도대체 뭐가 있겠습니까? 그런데 그렇지 않았습니다. 피고는 무기를 정리하고, 신문을 사러 나갔습니다. 신문 판매상은 그가 차분하고 공손했다고 했습니다. 그리고 오늘까지도 피고는 자기가 『레퀴프』를 사지 않았다는 걸 기억해 내고 있습니다! 이번에는 부모들까지 죽였지만 그렇다고 얼른 저세상에 가서 그들을 만나려고 서두르지도 않았습니다. 그는 계속해서 기다리고 있었습니다. 스스로에게 유예 기간을 주려고 기다렸겠죠. 아마도 이제껏 언제나 자기를 구해 주었던 그 기적들 중 하나를 기대하고 있었을 겁니다. 코린과 헤어진 후 집에 돌아온 그는 스무 시간이나 보내 버렸어요. 무얼 기대하면서 그랬던 걸까요? 코린이 고소하기를 기다렸을까요? 클레르보에서 시체를 찾아내기를? 운명적 제스처를 취하기 전에 경찰들이 자기를 찾아오기를 기다린 걸까요? 마침내 불을 지르기로 작정했지만 그건 새벽 네시의 일이고, 그 시간은 정확하게 환경 미화원들이 지나가는 시간이지요. 그는 다락방에 불을 붙였어요. 불길이 멀리서도 얼른 보이게 하려는 거였죠. 10년이나 묵은 알약 한 움큼도 소방수들이 도착하기를 기다려 털어 넣었어요. 그리고 마지막으로, 소방수들이 집이 비어 있을 거라고 생각하고 늑장을 부릴까 봐 창문을 활짝 열어 놓고 자기가 있다는 표시를 한 겁니다. 정신과 의사들은 〈신명 재판〉 행위를 언급하고 있습니다. 그가 운명의 손에 자신을 맡겼다는 뜻이지요. 좋습니다. 죽음이 그를 원치 않았나 보지요. 의식 불명에서 깨어난 그가 자신으로부터 벗어나 아름다운 영혼들이 묘사하는 고통스러운 속죄의 길로 들어섰던가요? 전혀 그렇지 않았습니다. 그는 모든 걸 부정하고, 검은 옷을 입은 신비한 남자가 자기가 보는 앞에서 자기 식구들을 죽였다는 이야기를 꾸며 내고 있었어요!」 자신의 논증에 흥분한 검사는, 밀실 범죄에 관한 미스터리 소설들이 그의 침대 발치에서 발견된 사실에 근거하여, 피고가 단지 살아남는 것뿐만 아니라 무죄 판결까지 받으려고 악마적인 계획을 세워 주도면밀하게 실행한 거라고 상상했다. 아바드로서는 이 악마적인 계획에 대한 검사의 논증이 몹시 허술하다는 점을 주장하는 일이 그다지 어렵지는 않았다. 신랄했던 검사의 논고만큼 격렬한 변론에서 아바드는 이러한 논지를 강조했다. 살인과 믿음을 남용한 점에 있어서는 로망을 비난하지만, 거기 덧붙여 자살하지 않았다는 점을 비난할 수는 없다. 법률적으로 그 점은 반박할 수 없다. 하지만 인간적으로는 분명히 그 점이 바로 비난의 대상이었다.

심의를 위해 재판관들이 물러나기 전에, 마지막 발언의 기회가 피고에게 주어졌다. 그는 최후 진술문을 준비한 모습이 역력했고, 격해지는 감정으로 여러 번 목소리가 갈라지긴 했지만 실수 없이 말을 이어 나갔다.

「사실 저는 입을 다물고 있어야 합니다. 제 말과 저의 생존조차 제가 저지른 행동에 빈축을 더할 뿐이라는 걸 잘 알고 있습니다. 판결과 벌을 달게 받고 싶습니다. 그리고 이것이 제가 저로 인해 고통받고 있는 사람들에게 말을 할 수 있는 마지막 기회라고 생각합니다. 제 말이 가소로우리라는 걸 알지만 그래도 해야 합니다. 그들의 고통이 밤낮으로 저를 떠나지 않는다는 이야기를 해야 합니다. 저를 용서하지 않을 거라는 걸 알지만 플로랑스를 추모하는 마음으로 그들에게 용서를 구하고 싶습니다. 장인 어른은 추락사하셨다는 사실을 장모님과 처가 식구들에게 말씀드리고 싶습니다. 증거가 없기 때문에 제 말을 믿어 달라는 부탁은 할 수 없습니다. 하지만 고백하지 않은 죄는 용서받을 수 없다는 걸 알기에 플로랑스 앞에서 그리고 신 앞에서 이 얘길 하는 겁니다. 그들 모두에게 용서를 구합니다.

이제, 내 아내 플로랑스와 내 딸 카롤린, 아들 앙투안 그리고 제 부모님에게 말하고 싶습니다. 그들 모두 여기 제 맘속에 있으며, 보이지 않는 그들의 존재가 저로 하여금 그들에게 말할 수 있는 힘을 주고 있습니다. 그들은 모든 걸 알고 있고, 누군가 저를 용서한다면 그건 바로 그들입니다. 그들에게 용서를 구합니다. 그들의 삶을 파괴해 버린 것과 한 번도 진실을 말하지 않았던 것에 용서를 구합니다. 그렇지만 여보, 당신의 지성과 선량함과 긍휼이 나를 용서할 수 있을 거라고 확신하오. 당신을 고통스럽게 만든다는 생각을 견뎌 낼 수 없었던 나를 용서하오. 당신 없이는 살아갈 수 없을 거라는 걸 알았지만, 오늘 나는 여전히 살아 있고 하늘이 원하는 한 살아가려고 노력할 거라고 약속하오. 나로 인해 괴로워하는 사람들이 그들의 괴로움을 덜기 위해 나의 죽음을 요구하지 않는 한 말이오. 내가 진실의 길, 삶의 길을 찾는 일을 당신이 도와주리라 믿어요. 우리 사이에는 많고 많은 사랑이 있었소. 당신을 여전히 진리 안에서 사랑할 거요. 저를 용서할 수 있는 분들께 용서를 빕니다. 저를 결코 용서하지 못할 분들께도 용서를 빕니다.

재판장님께 감사드립니다.」

다섯 시간의 심의 끝에, 장클로드 로망은 무기 징역을 선고받았고 22년 동안은 가석방의 기회가 없다는 단서가 붙었다. 모든 게 순조롭다면 그는 2015년에 예순한 살의 나이로 감옥을 나올 것이다.

친애하는 장클로드 로망,

 글을 쓰기 시작한 지 이제 3개월이 되었습니다. 처음에 생각했던 것처럼, 이 일에서의 문제는 정보가 아닙니다. 문제는 당신의 이야기 앞에서 나의 위치를 찾는 일입니다. 작업을 시작했을 때는, 내가 알고 있는 모든 것을 하나하나 꿰어 맞추면서 그리고 객관적이려고 애를 쓰면서 그 문제를 밀어낼 수 있으리라고 생각했습니다. 하지만 이러한 일에서 객관성이란 속임수입니다. 나에게는 하나의 관점이 필요했던 겁니다. 나는 당신의 친구 뤼크를 만나 보러 갔었고 그와 그의 가족이 이 사건을 맞이한 이후의 날들을 어떻게 겪어 내고 있는지를 이야기해 달라고 했습니다. 나는 그 이야기를 쓰려고 했습니다. 책에 자신의 본명이 나오는 걸 원치 않는다던 친구분보다는 덜 소심하게 나 자신을 그와 동일시하면서 말이지요. 하지만 곧이어 이런 관점을 유지하는 일이 불가능하다고(기술적으로나 도덕적으로나 불가능한데, 이 두 가지는 나란히 가는 문제지요) 판단했습니다. 그래서 당신이 지난번 편지에서 반농담으로 했던 제안, 즉 당신의 개들 이름을 사용하라는 그 제안을 재미있게 생각했고, 동시에 당신 역시 이런 어려움을 의식하고 있다는 사실을 확인했습니다. 어려움이야 물론 나보다 당신이 더 많을 테고, 그것은 당신이 걸려 있는 심리적이고 정신적인 작업에 관련된 어려움입니다. 당신 자신에게 접근할 수 없다는 이 결함, 당신 안에서 〈나〉라고 말해야 할 사람의 자리에 끝없이 커지는 이 공백. 당신을 대신해서 〈나〉라고 말하는 사람은 당연히 내가 아닙니다. 하지만 당신에 대해 쓰면서도 나로서는 나 자신을 위해 〈나〉라고 말하는 일이 남습니다. 그것은 나 자신의 이름으로, 그리고 객관적이고자 하는 정보들을 꿰맞추거나 어느 정도는 상상적인 증인 뒤에 몸을 숨기지 않고, 당신의 이야기가 나에게 말하고 있는 것과 나의 삶에서 반향을 일으키는 것을 말하는 일입니다. 그런데 그렇게 할 수 없습니다. 문장들은 달아나 버리고 〈나〉라고 말하면 거짓된 울림이 됩니다. 그리하여 나는 숙성되지 않은 이 작업을 한쪽으로 치워 두기로 결정했습니다. 하지만 이러한 잠정적인 포기로 당신과의 서신 왕래에 종지부를 찍고 싶지는 않습니다. 사실을 말하자면, 각자가 즉각적인 이해를 찾아냈던 이 계획을 일단 접어 두면 당신에게 편지를 쓰거나 당신 이야기를 듣는 일이 더 쉬워질 것 같습니다. 그 일만 아니라면 말이 좀 더 자유로워질 것이므로……

1996년 11월 21일
파리에서

친애하는 엠마뉘엘 카레르에게,

당신의 상황을 충분히 이해합니다. 당신의 목표에 부합하지 않을 저널리즘적인 작품에 만족하기보다는, 상당량의 작업 후에도 그 실패에 대한 좌절을 받아들이는 당신의 용기 있는 태도와 성실성을 높이 평가합니다.

오늘 나에게 또다시 약간의 힘을 실어다 준 일은, 우선 이러한 진실의 탐색에서 혼자가 아니라는 것, 그리고 내면의 소리를 감지하기 시작한 것 같다는 사실입니다. 그 내면의 소리에는 이제까지 징후들이나 행위에 이르는 과정들을 통해서만 드러날 수 있었던 의미들이 실려 있습니다. 자기 안에서 말하고 있는 타인의 소리를 주의 깊게 들어야만 확인되는 어떤 목소리를 내 안에서 발견해야 한다는 직관이 듭니다. 또한 당신이 나에 대해 〈나〉라고 말할 수 없다는 것은 내가 나 자신에 대해 〈나〉라고 말할 때의 어려움과 부분적으로 연결되어 있는 것 같습니다. 내가 이런 단계를 넘어서는 데 성공한다 해도 그것은 이미 너무 늦은 일이겠지요. 내가 만일 그 〈나〉에게 다가서고, 그리하여 적절한 시기에 〈너〉와 〈우리〉에게 다가섰더라면 폭력으로 대화를 불가능하게 하지 않고도 해야 할 모든 말을 그들에게 할 수 있었을 거라는 생각은 잔인하기만 합니다. 그럼에도 불구하고 절망한다는 것은 마지막 중죄일 것이고, 당신처럼 나 역시 시간이 어떤 변화를 가능하게 할 거라는, 어떤 의미를 가져다줄 거라는 생각을 합니다. 이 글을 쓰노라니 〈시간은 삶의 의미다〉라는 클로델의 글귀가 떠오릅니다. 말의 의미, 강물의 의미, 향기의 의미를 말하듯이……. 시간이 지나 이 끔찍한 현실로부터 어떤 의미를 발견한다면, 그것은 진실이 될 것이고 그 진실은 자명해 보이는 것과는 전혀 다른 것일 것입니다. 만일 그게 정말로 진실이라면, 그 안에는 그것에 연관된 사람들 각자를 위한 나름의 치유책도 품고 있을 것입니다…….

1996년 12월 10일
빌프랑슈쉬르손에서

큰 기대는 하지 않았지만 내 예언대로 우리의 서신 왕래는 책을 포기하고 나자 더 수월해졌다. 그는 나에게 자신의 현실인 수감 생활에 대해 이야기하기 시작했다. 그는 부르강브레스에서 빌프랑슈쉬르손의 감옥으로 이감되었다. 마리프랑스는 베르나르라는 또 다른 방문객과 함께 매주 그를 찾아갔다. 수감 초기에 로망은 아동 살해범들에게 관례적으로 가해지던 폭력을 두려워했다. 하지만 감옥 안의 어떤 보스가 그를 금세 알아보고는 보호를 확신해 주었다. 어느 날 두 사람 모두 자유의 몸으로 바깥 외출을 허락받았을 때, 로망은 차를 세워 그를 태워 주었고 맛있는 식사나 하라며 2백 프랑 지폐를 건네준 일이 있었던 것이다. 이런 너그러운 일면은 그가 저지른 범죄의 공포감을 지워 버리고 인기 있는 사람으로 만들어 주었다. 빌프랑슈 감옥의 스타로 통하던 알랭 카리뇽은 함께 조깅을 하자면서 로망을 초대한 일도 있다. 감옥 당국은 어려운 죄수가 도착하기만 하면 로망의 평화적인 영향력을 기대하며 그의 감방으로 집어넣곤 했다. 로망은 도서관

일을 맡았고, 글쓰기와 정보 처리와 만화 영화 작업실에 참여했다. 장기간의 일에 몰두하겠다는 마음으로 일본어도 배우기 시작했다. 그즈음 내가 공략하기 시작한 장기간의 작업인 성서 새 번역 이야기를 했을 때, 그는 즉각 열정을 내보였다. 성서 주석자와 작가들이 함께 참여하는 성서 번역에서 내가 맡은 부분은 「마태오의 복음서」였는데, 그는 감옥 도서관에 비치된 다섯 종류의 번역본을 비교해 가며 각별한 노력을 기울여 번역 원고를 읽어 주었고, 마리프랑스의 큰 삼촌이 『예루살렘 성서』 번역을 감독했던 라그랑주 신부라는 사실을 알려 주며 즐거워했다. 교도소 사목의 주선으로 내가 빌프랑슈 감옥에 가서 성경 번역에 관한 워크숍을 지도해 줄 수 있느냐는 문제가 거론되었는데, 계획이 실현되기 전에 그는 이감되었다.

  나는 딱 한 번 그를 보러 갔다. 고민했던 그 방문은 아주 순조롭게, 지나칠 정도로 부드럽게 이루어졌다. 나는 마음이 놓였으면서도 약간은 충격을 받았다. 난 뭘 기대했던가? 자신이 의도했던 일을 해치웠고 거기서 살아남았으니 얼굴에 재를 뒤집어쓰고 다니면서 제 가슴을 후려치고 5분마다 땅바닥을 굴러다니며 괴로운 신음을 내질러야 하나? 재판 이후 그는 몸이 불었고 죄수 복장인 후줄근한 겉옷만 빼면, 친절한 닥터 로망이 그러했을 모습과 닮아 있었다. 나의 방문을 눈에 띄게 기뻐했고, 장소의 불편함을 미안해하면서 면회실로 나를 안내했다. 그는 지나치다 싶게 미소를 띠었고, 나 역시 그랬다. 대단한 침묵도, 도스토예프스키식의 감정 토로도 없었다. 서로 잘 아는 사이는 아니지만 마치 지난번 휴가지 — 우리의 경우에는 앵의 중죄 재판소였다 — 에서 우연히 만났던 사람들처럼 이런저런 이야기들을 주고받았으며 주된 공동 관심사를 찾아냈다. 과거 이야기는 단 한마디도 비치지 않았다.

그다음 편지에서 그는 내가 쓰는 향수 이름을 물어 왔다.

〈분명 뜬금없어 보이겠지만, 그게 어떤 향수인지 알 것 같고 그걸 확인하면 그에 관련된 추억을 되찾을 수 있을 것 같아서 그립니다. 아마 아시겠지만, 플로랑스가 향수의 세계에 대단한 열정을 가지고 있었거든요. 플로랑스는 젊은 시절부터 시작한 수백 개의 향수 샘플 수집에 굉장히 집착했습니다. 범죄 재현 과정에서 익숙한 향수 냄새를 알아내면서 후각의 신경 중추와 기억 중추 사이에 상당히 밀접한 관계가 있다는 실험을 해볼 기회가 있었습니다.〉

나는 그처럼 단순하고 친근한 요구를 해왔다는 사실에 감동했고, 그보다 더한 감동을 또 하나 받았다. 우리가 서신 왕래를 해온 지 거의 3년 만에 처음으로 그가 〈가족들〉 혹은 〈나를 사랑했던 사람들〉 혹은 〈귀중한 사람들〉이란 표현 대신에 그냥 자기 아내의 이름을 불렀다는 사실 때문이었다.

그로부터 2년이 지난 후, 내가 다시 일에 착수했다는 소식을 알렸을 때, 그는 놀라지 않았다. 아마 그렇게 빨리는 아니었겠지만, 그는 나를 기다리고 있었다. 그리고 믿고 있었다.

마리프랑스 역시 반가운 소식이라고 생각했다. 나는 재판 관련 서류를 건네받기 위해 그녀에게 전화했다. 법에 따르면 원본의 소유자는 죄수로 되어 있지만, 서류가 많은 자리를 차지하고 감방은 비좁고 감옥 입구의 위탁소는 초과 상태였기에 그것을 마리프랑스에게 맡겨 두었던 것이다. 그녀는 서류를 찾으러 오라고 하면서, 만일 모든 박스를 다 가져갈 생각이면 차 트렁크를 잘 비워 오라고 충고했다. 나는 그녀가 이 음산한 골칫덩이를 나에게 넘기는 일로 불쾌해하지 않는다는 것과 그 사실을 파리에 보고함으로써 로망이 출소할 때까지 그것을 내가 맡을 수 있게 해놓았음을 짐작했다.

마리프랑스는 리옹에서 동쪽으로 50킬로미터 떨어진 마을에 살고 있었다. 그녀의 사회적 환경에 대해서는 한 번도 생각해 본 적이 없었는데, 강 쪽으로 완만한 경사를 이루고 있는 공원 한가운데에 자리한 거대하고 멋진 저택을 보고는 깜짝 놀랐다. 아주 매혹적인 장소에다 호화스러운 조경이었다. 마리프랑스는 좀 조용한 시간을 갖기 위해 평일에 방문해 달라고 했다. 그녀와 남편에게는 수많은 자식들과 손자들이 있는데 그들이 주말마다 들이닥치며 스무 명보다 적게 모이는 일이 흔치 않다는 것이다. 남편 랍은 은퇴하기 전까지 섬유 사업을 했다고 한다. 마리프랑스 역시 리옹의 견직물 업자 집안 출신이었고, 아이들이 클 때까지는 부르주아 집안의 안주인으로 생활해 왔고 보통보다는 좀 더 열정적인 기독교인이었다. 50대가 되자, 누군가 집요하게 뭔가를 요구해 오면 그 호소를 들어주었다고 했다. 감옥에서 그녀의 도움을 기다리고 있었다. 감옥에서? 그녀는 어떤 일을 이해하고 자발적으로 행동하는 데 시간이 필요한 편이었고, 흥분하는 타입의 여자가 아니었다. 게다가 어떤 사람이라도 하루아침에 감옥의 자원 방문자가 되지는 않는다. 적성 기간이 있고 그 기간 동안은 면회 전후의 수감자들 가족을 맞이하고 지원하는 일을 한다. 언젠가 빌프랑슈 감옥을 찾았을 때, 그곳 정문의 대기실을 차지한 이동 컨테이너들 안에서 자원 봉사자들이 주도하는 분위기에 놀랐던 적이 있었다. 그들 덕분에 분위기는 음산하지 않았다. 커피를 제공하고 서로들 이야기를 나누고 처음 그곳을 찾은 사람들은 부드러운 가운데 규칙을 익히곤 한다. 이런 초심자 단계를 거친 후에 마리프랑스는 문턱을 넘어섰고 그 이래 리옹 지역에서 10여 명의 죄수들과 친분 관계를 다져 왔다. 그렇게 우정을 맺어 온 지 6년이 다 되어 가는 장클로드는 확실히 그녀가 가장 좋아하는 죄수들 중 하나였다. 그의 고뇌와 심리적 나약함(아무것도 아닌 일로도 푹 가라앉아 입을 다물어 버린다고 했다)에 대해 그녀가 모르는 건 아무것도 없었다. 하지만 그럼에도 불구하고 〈좋은 쪽으로 삶을 택하는〉 그의 천부적인 재능에 감탄했다고 한다. 「그리고, 그 사람을 돕는 일은 정말이지 수월하다는 걸 알아 두구려(마리프랑스는 금세 나에게 말을 놓았다). 도와주기 쉬운 사람은 정말 기분이 좋거든. 면회를 가면 지난번에 내가 해준 이야기를 나한테 되풀이해서 들려주곤 한다니까. 그걸 들으면 아, 내 이야기가 저이를 지탱해 주었구나 하는 안도감이 들지. 힘이 난다니까.」

그 같은 선의로 그는 감옥 방문자들 사이에서 만족감을 주는 고객이 되었고, 또 다른 수호천사인 베르나르를 얻게 되었다. 베르나르에 대해서는 언젠가 로망이 편지에서 이야기한 적이 있었다. 마리프랑스는 베르나르와 그의 아내를 점심에 초대했다. 전날 베르나르는 얼마 전 프레스네스 감옥으로 이송된 로망을 보기 위해 리옹과 파리를 왕복했다. 죄수는 아무런 배려 없이 친숙해진 장소로부터 떨어져 나와 낯선 장소에 낯선 사람들로 둘러싸여 조차장의 짐짝 취급을 받았고, 일흔아홉의 베르나르는 단 30분만이라도 친구의 얼굴을 보기 위해 즉시 기차에 올라타는 일을 마다하지 않았다. 감옥이라곤 빌프랑슈에 단 한 번 찾아갔던 나로서는 조금 부끄러웠다. 게다가 베르나르가 몹시 끔찍한 기억이 되살아나는 프레스네스의 문턱을 넘어서기 위해 극심한 노력을 했으리라는 사실을 감안하니 더더욱 그랬다. 제2차 세계 대전 때 레지스탕스로 사형 선고를 받은 베르나르는 게슈타포에 의해 감옥에 갇혀 처형을 기다리며 두 달을 프레스네스에서 보냈던 적이 있었기 때문이다. 그곳에서 베르나르가 읽었던 유일한 책은 리지외의 성녀 테레사가 쓴 글의 사본이었는데, 그 책 덕분에 개종을 하고 더 이상 죽음을 두려워하지 않았다고 한다. 결국 그는 강제 수용소에 이감되었고 부헨발트로 이동하는 중에 밀폐된 기차간 안에서 나흘을 보내게 된다. 먹을 것도 없이 오줌밖에 마시지 못한 빈사 상태의 사람들 틈에 끼여 보낸 그 기차 여행 중에 대부분의 사람들은 시체가 되어 나왔다고 한다. 그러한 체험을 했다고 해서 베르나르가 흠잡을 데 없는 명징성의 증명서를 받을 만한 사람이라는 주장을 하려는 건 아니다. 단지 그가 인생과 악에 대해 아무것도 모르는 우매한 신자는 아니라는 점을 납득시키기 위해 그 얘길 전하는 것이다. 그런데 우파에 가까운 전통주의자인 이 늙은 드골주의자는 살인자이자 사기꾼인 장클로드 로망을 언제 만나도 즐거운, 굉장히 매력적인 소년처럼 이야기하고 있어서, 그가 어떤 의지에 따른 자비를 베푸는 게 아니라 진정한 우정을 나누고 있다는 생각이 들었다.

점심 식사를 한 뒤 우리는 테라스로 나갔다. 그곳에서는 앵의 강과 평원을 굽어볼 수 있었는데 평원치고는 골짜기가 유난히 많아 보였다. 그때가 인디언 서머였다. 나무들은 다 갈색을 띠었고 하늘은 짙푸르고 개똥지빠귀들이 울어 댔다.

우리는 스위스 초콜릿을 먹으면서 햇살과 커피를 들이마셨다. 영화배우 필리프 누아레를 좀 닮은 라프는 아내와 베르나르가 자기들의 피보호자에 대해 주고받는 이야기를 주의 깊게 듣고 있었다. 마침내 그도 로망을 잘 알고 있는 것 같았다. 그는 로망을 아주 좋아했다. 그는 나에게 물었다. 「자, 이제는 당신도 이 클럽의 회원인 거죠?」 난 어떻게 대답할지 몰랐다. 그들처럼 무조건적으로 장클로드에게 동의하고 있노라고 믿게 하여 그들의 신뢰를 남용하고 싶지는 않았다. 나에게 그는 장클로드가 아니었다. 내가 보낸 편지들에서 처음에는 그를 〈로망 씨〉라고 했고, 그다음에는 〈친애하는 로망 씨〉, 그리고 그 후에 〈친애하는 장클로드 로망〉이라고 했다. 하지만 〈친애하는 장클로드〉까지는 넘어갈 것 같지 않았다. 마리프랑스와 베르나르가 로망의 겨울 의복에 대해 활기를 띠며 이야기하는 걸 (「따뜻한 푸른 스웨터는 이미 있어요. 하지만 회색 양모 스웨터가 한 벌 더 있으면 좋을 거예요. 아마 엠마뉘엘이 전해 줄 수 있겠죠……」) 들으며 나는 그토록 단순하고 자연스러운 애정이 감탄스러우면서 동시에 거의 기괴하다는 생각이 들었다. 나로서는 그렇게 할 수 없을뿐더러 그러고 싶은 마음도 없었다. 시험 전날 자살한 연인의 이야기 같은 뻔한 허구를 군말 없이 삼켜 버리거나, 베르나르처럼 이 불행한 운명의 밑바닥에 신의 계시가 있다고 생각하게 되는 그런 길을 밟아 가고 싶지 않았던 것이다. 「그가 주변에 베풀고 있는 그토록 많은 선행을 위해서 그 온갖 거짓과 우연과 끔찍한 드라마가 필요했다는 생각을 하면……. 그거야

말로 제가 언제나 믿어 왔던 것이고, 그게 지금 장클로드의 인생에서 이루어지고 있잖아요. 모든 일은 잘 돌아가고 있고 그 의미란 게 결국은 신을 사랑하는 자를 위해 나타나게 되어 있어요.」

난 할 말을 잃었다. 하지만 리지외의 성녀가 되기 전의 어린 테레즈 마르탱이 황홀경에 젖어 들려주던 위대한 범죄자 프란지니 이야기, 두 여자와 어린 소녀를 죽인 그 살인범을 용서하고 신에게 기도하자던 이야기를 듣고 있었던 1887년의 사람들 역시 할 말을 잃었음에 틀림없다. 그리고 내 눈에는 터무니없어 보이는 베르나르의 입장이란 게 단지 헌신적인 기독교 신자의 입장이라는 걸 충분히 이해했다. 나는 마리 프랑스와 그가 내 작업을 기웃거리면서, 회개할 필요가 없는 아흔아홉 명의 정의로운 사람들보다 스스로를 뉘우치는 한 사람의 죄인을 위해 신의 가호를 기도하며 즐거워하고 있다는 생각에 이르렀다. 다른 한편, 카트린 에렐은 로망에게 일어날 수 있는 최악의 일은 바로 그런 사람들의 손아귀에 떨어지는 일이라는 이야기를 되풀이했다. 로망은 주님의 무한한 자비와 주님이 자신의 영혼에 행하는 경이를 읊조리는 천사 같은 말들에 흔들려 다닐 것이고, 그러다 보면 현실과 직면할 수 있는 모든 기회를 잃어버릴 거라는 거였다. 로망과 같은 경우에는 차라리 그러는 편이 낫다고 분명하게 주장할 수 있었다. 하지만 카트린은, 예외 없이 모든 경우에서, 고통스러운 명징성이 마음을 누그러뜨리는 환상보다 낫다는 생각이었다. 그녀의 생각이 틀렸다는 걸 알려 준 건 내가 아니었다.

베르나르와 그의 아내는 〈중개인들〉이라는 가톨릭 운동 조직의 일원이었다. 그것은 중단 없는 기도의 사슬을 이어 나가기 위해 서로 교대로 기도를 행하는 모임으로, 매 순간 프랑스와 전 세계에 적어도 한 사람은 기도 중에 있게 만들자는 운동이었다. 각자가 정해진 날짜와 시간에 맞춰 기도에 참여하는 그 모임에 장클로드는 베르나르를 통해 들어가게 되었는데, 그는 사람들이 별로 원하지 않는 시간, 이를테면 새벽 두시와 네시 사이를 선택함으로써 대단한 열정을 보여주었다. 베르나르는 그 일에 대한 증언을 로망에게 부탁했고 모임의 회보에 익명으로 그 내용을 출판했다.

〈끔찍한 가족 비극에 뒤이어 무기 징역을 선고받고, 몇 년 전부터 감옥에 있는 저의 처지는 뭔가를 증언할 입장이 당연히 아닙니다. 하지만 이것이 신의 은총과 사랑에 대해 2천 중개인들 사이에서 증언하는 일이므로, 신에게 은총을 돌리고자 감히 노력해 보겠습니다.

감금의 시련 그리고 무엇보다도 죽음과 절망의 시련은 저를 결정적으로 신으로부터 멀어지게 해야 했을 겁니다. 판단하지 않고 그저 들어주고 경이롭게 말할 줄 아는 사제님과 감방의 자원 방문자들과의 만남은 저를 유배지에서 벗어나게 해주었습니다. 그 유배지는 신과 나머지 인류와의 모든 관계를 끊어 버리는, 말로 할 수 없는 고통을 대표하는 곳입니다. 이제 저는 신의 섭리로 내밀어진 그 구원의 손길이야말로 저에게 신의 은총을 나타낸 최초의 표현이었다는 걸 알고 있습니다.

전달하기 어려운 신비로운 사건들은 저를 심한 혼란에 빠뜨렸고 새로운 신앙의 기초가 되었습니다. 살아 있다는 사실이 더할 수 없는 죄책감으로 다가와 불면과 괴로움의 밤을 보내고 있을 때, 루오의 「성스러운 얼굴」을 응시하고 있던 캄캄한 밤에 예기치 않게 출현한 신의 모습은 그 뚜렷한 예시의 사건들 중 하나입니다. 가장 힘겨운 낙담의 시간을 보낸 후, 저의 눈물은 더 이상 슬픔의 눈물이 아니라 사랑받고 있다는 확신이 가져다준 내면의 불길이자 깊은 평화였습니다.

기도는 제 인생의 중요한 자리를 차지하고 있습니다. 감옥 안에서 조용히 기도하는 일은 생각보다 더 어렵습니다. 그렇지만 시간이 없는 것은 아닙니다. 가장 큰 장애는 라디오와 텔레비전의 소음들, 밤늦도록 창가로 흘러드는 고함 소리들입니다. 기도 시간 중 말뜻에 주의를 기울이지 않은 채 한참 동안 기계적으로 암송하다 보면 주위의 소음들과 잡스러운 생각들이 중화되어 버리고 개인적인 기도에 적합한 평화를 찾게 됩니다.

자유의 몸이었을 때, 저와 아무 상관 없다는 듯 무심한 마음으로 들었던 복음서의 한 구절이 떠오릅니다. 《나는 감옥 안에 있고 너희들이 나를 방문했다》(「마태오의 복음서」 25장 36절). 제가 《중개인들》의 모임을 알게 된 것은 저의 절친한 친구가 된 그 방문객들 중 한 사람 덕분입니다. 매달 두 시간씩 갖는 이 기도 시간은 외부의 세계와 감옥의 세계의 차이가 지워지는 아주 늦은 시간이며 축복받은 순간들입니다. 기도에 앞서, 쏟아지는 잠과 싸워야 하지만 그 일은 언제나 보상을 받습니다. 고립감과 무용지물이라는 느낌을 끊어 주는 이 연속 기도에서 나 자신이 한 고리가 될 수 있다는 건 기쁨입니다. 또한 그것은 감옥이라는 심연 밑바닥에서 어둠 속으로 가라앉아 버리는 걸 막아 주고, 보이지 않는 밧줄이 남아 있다는 느낌을 갖게 되어 안심이 됩니다. 저는 자주 그 밧줄의 이미지를 생각하며, 절대로 그것을 놓치지 않기 위해, 무슨 대가를 치르더라도 기도 시간의 약속에 충실해야겠다는 생각을 합니다.

은총이란 제아무리 관대하고 이타적인 것이라도 욕망을 이루어 내는 데 있지 않으며 모든 것을 기쁘게 받아들이는 힘 속에 있다는 걸 발견하면서, 감방 밑바닥에서 울부짖으며 드리는 저의 「옥중기De Profundis」는 「성모 마리아의 송가 Magnificat」가 되며 모든 것이 빛으로 거듭납니다.〉

일에 착수하기 위해 차를 몰고 파리로 돌아오면서 나는 그의 길고 긴 사기 행각에서 이제는 불가사의가 아니라, 그저 맹목과 비탄과 비겁함의 비참한 혼합만을 보았다. 고속도로의 휴게실이나 카페테리아의 주차장에서 보냈던 긴긴 허공의 시간들에 그의 머릿속에 일어났던 일은 나에게도 익숙한 일이었고, 나 역시 체험을 통해 알고 있는 것이었으며 이제 그런 것은 내 관심사가 아니었다. 하지만 지금 기도를 위해 한밤중에 깨어나 있는 그의 마음속에서 일어나는 일은?

나는 차 트렁크를 열어 앞으로 17년간 보관해야 하는 서류 박스들을 꺼내 내 스튜디오의 벽장에 정돈하면서 다시는 그것들을 열어 보지 않으리라는 걸 알았다. 하지만 베르나르의 사주를 받아 쓴 그의 증언은 내 책상 위에 펼쳐진 채로 있었다. 상투적인 가톨릭 신자의 말투를 읽으면서 나는 그가 정말로 불가사의하다는 생각을 했다. 〈진위를 결정할 수 없다는〉 수학적인 의미에서 정말 신비스럽다는 생각을……

그가 다른 사람들에게 연극을 하고 있지 않다는 건 확신한다. 하지만 그 안에 있는 거짓말쟁이가 그에게 연극을 하고 있는 건 아닌지? 그리스도가 그의 마음속에 찾아올 때, 그 모든 일에도 불구하고 사랑받고 있다는 확신이 그의 뺨에 눈물을 흘리게 할 때, 그것은 여전히 그를 속이고 있는 적이 아닌가?

이 이야기를 글로 써내는 일은 죄악이나 기도에 불과하다는 생각이 들었다.

1999년 1월
파리에서

옮긴이의 말

〈적〉이라는 제목은 종교적인 질문을 해결하고자 우연히 읽게 된 성서에서 비롯되었다. 악마를 규정하는 최종적인 의미는 거짓말쟁이라고 한다. 〈적〉은 물론 장클로드 로망이 아니다. 하지만 나는 그가 평생 〈적〉과 대면하고 있었다는 생각이 들었다. 그리고 이 책을 집필하는 동안 나 역시 〈적〉과 대면하고 있는 느낌이었다. 그것은 종교적이 아닌 심리적 차원의 의미로 생각할 수 있다. 우리 안에서 거짓말을 하고 있는 어떤 것이라는 의미에서 말이다.

엠마뉘엘 카레르

엠마뉘엘 카레르의 『콧수염』과 『겨울 아이』를 읽고 나서, 평온해 보이는 삶의 이면을 차근차근 아주 계획적으로 허물어뜨리는 작가의 솜씨에 감탄했더랬다. 사소한 이야기로 시작하여 일상의 연약한 외피를 벗겨 내고 마침내 정체성까지 흔들어 놓는 집요함, 명징한 어휘와 간결한 문장으로 우리

속의 불안과 공포를 헤벌어진 상처처럼 드러내 보여 주는 그의 소설은 피 한 방울 흘리지 않고도 섬뜩한 느낌을 전해 주는 깔끔하고 세련된 공포 영화를 보는 듯했다.

그런데 이번에는 작가의 날카로운 공격이 다소 주춤거리고 있다는 느낌이었다. 그럴 수밖에 없는 것이, 작품의 주인공이 작가를 넘어서 있기 때문이었다. 이 책은 1993년 프랑스 전역을 충격에 휩싸이게 했던 장클로드 로망의 실제 사건을 다루고 있다. 가짜 의사에 사기꾼, 일가족을 한꺼번에 살해한 끔찍한 범죄자, 요컨대 장클로드 로망은 작가가 더 이상 건드릴 것도 없이 제 자신의 삶을 이미 모조리 다 파헤쳐 놓은 사람이었다. 그런데도 작가는 이 이야기를 글로 써내고자 했다. 모두에게 거짓말을 하고 가짜의 삶을 영위하던 그 오랜 세월 동안 살인자의 머릿속을 지배하던 생각들을 알고 싶었던 것이다.

그러나 작업은 그 어느 때보다도 작가를 힘들게 한 것 같다. 소설도, 다큐멘터리도, 보고서도, 범죄자의 일대기도 아닌 이 글의 모호하고 복합적인 성격은 그러한 작가의 고충을 고스란히 드러내고 있다. 그리고 그 어려움의 중심에 관점 설정의 문제가 자리하고 있었다. 방법을 찾아내지 못한 작가는 책을 중단하고 몇 년간을 다른 일에 몰두한다(이즈음에 『겨울 아이』가 발표되었고, 두 작품에서 감지되는 주제와 분위기의 유사성은 단순한 우연이 아니다). 그러다 불현듯 어떤 해결점을 찾아내기에 이른다.

카레르는 애초에 이 사건에 관심을 갖고 글을 계획했던 지점으로 되돌아간다. 그리고 바로 그 관점으로 이야기를 풀어 가기로 한다. 사건을 이야기하는 3인칭 화자를 설정하지도, 결코 침투해 들어갈 수 없는 장클로드 로망의 시점을 어설프게 흉내 내려 하지도 않았다. 대신 사건을 바라보는 작가 엠마뉘엘 카레르라는 1인칭 화자를 그대로 들여놓은 것이다. 그 결과, 작품은 희대의 살인자와 노련한 작가와의 실제 만남의 기록이 된다. 장클로드 로망의 사건이 왜, 어떻게 작가를 사로잡게 되었는가를 파헤쳐 가는 과정은 사건의 발단, 경찰의 조사, 재판 과정, 죄인과의 서신 교환, 살인자와의 일대일 대면 등을 통해 낱낱이 고백된다. 또한 그가 살아왔던 모든 장소들을 되밟아 가며 살인자의 과거를 재구성하기도 하고 불가능한 감정 이입을 통한 심리 추적도 시도한다. 그리고 이 모든 것들을 퍼즐처럼 유기적으로 연결시켜 단순한 보고서의 위상을 넘어서게끔 구성하고 있다.

자칫 추악한 범죄자의 옹호로 읽힐 수도 있는 이런 종류의 글을 기획했다는 것 자체가 무모한 시도일 수 있고, 작가의 말마따나 또 〈하나의 범죄 행위거나 기도에 불과할〉 위험이 따른다. 그 위험을 불식시키기 위해 작가는 죄인에 대한 연민이나 동정, 비난이나 도덕적 판단을 배제하고 객관성과 거리감을 끈질기게 지켜 나간다. 감정과 판단은 오로지 엠마뉘엘 카레르라는 작가가 장클로드 로망을 만나는 동안 어쩔 수 없이 젖어 들게 되는 자기반성에서만 묻어나게 했다. 그리하여 글은 범죄자의 전기가 아니라 그가 불러일으킨 마력에 빠진 작가의 고백 쪽으로 무게 중심이 옮겨지고 있다.

말이나 글로 쉽게 표현할 수는 없지만 분명히 존재하며 우리를 불가해한 지점으로 몰아가는 어떤 힘들이 있다. 문학이 할 수 있는 일, 해야 하는 일 중의 하나는 어쩌면 바로 그 표현할 수 없는 힘의 포착일지 모른다. 엠마뉘엘 카레르는 누구보다 정확하게 그 지점을 찾아낼 줄 알며 집요한 공격을 서슴지 않는 흔치 않은 작가임이 분명하다.

옮긴이 윤정임 연세대학교 불문과와 동 대학원을 졸업했고, 프랑스 파리 10대학에서 박사 학위를 받았다. 역서로 장 폴 사르트르의 『사르트르의 상상계』, 『변증법적 이성비판』, 『시대의 초상』, 마르탱 뱅클레르의 『아름다운 의사 삭스』, 장 자끄 상뻬의 『랑베르씨』, 『아름다운 날들』, 『겹겹의 의도』 등이 있다.

적

발행일	2005년 5월 10일 초판 1쇄
	2020년 7월 20일 초판 6쇄
지은이	엠마뉘엘 카레르
옮긴이	윤정임
발행인	홍지웅·홍예빈
발행처	주식회사 열린책들

경기도 파주시 문발로 253 파주출판도시
전화 031-955-4000 팩스 031-955-4004
www.openbooks.co.kr

Copyright (C) 주식회사 열린책들, 2005, *Printed in Korea.*
ISBN 978-89-329-0604-1 03860